ペットシッター ちいさなあしあと

高森美由紀

ペットシッターちいさなあしあと

第一章　貴婦人の秘密

　セミがしゅわしゅわと鳴き、鳥が歌っている。

　昭和初期に建てられたと思《おぼ》しきレンガ造りの洋館を、ツタが覆《おお》っていた。芝生が整えられた表側の庭には、涼しげなシラカバが数本、空間を贅沢《ぜいたく》に使って植えられているが、家の左右と裏手には背の高いイチョウやカエデなどの様々な樹木が密生し、鬱蒼《うっそう》とした深い陰を作っている。

　ビルが林立する盛岡《もりおか》市街において、ここだけがこんもりとした森のようだ。

　御影石の表札には「桐生《きりゅう》清二《せいじ》　珠緒《たまお》」とあった。インターホンを押すと、家の奥のほうから咳《せき》混じりの返事があり、少しして静かにドアが開く。

　中に閉じこめられていた空気が、風となって放たれた。死のにおいが含まれている。

　外の強烈な光の中を渡ってきた陽太《ようた》の目には、家の中は真っ暗で何も映らない。

　数秒して目が慣れると、目の前に一四〇センチほどの背丈の老婦人が福々しい笑みを浮かべて立っていることに気づいた。頭にキャベツの葉を被《かぶ》って小刻みに震えている。

「『ちいさなあしあと』代表の斉藤《さいとう》陽太です」

「いらっしゃいませ。こんな格好で恐れ入ります」

老婦人はキャベツの葉を落とさないように、慎重に腰を折った。

いいえ、と陽太は営業スマイルを浮かべる。

「素敵なヘルメットでらっしゃいますね。最新モードでしょうか」

「違うんですの。微熱がありましたもので。お若い方はご存じないかもしれませんが、昔からこうして熱を下げたのでございますのよ」

「なるほど、おばあ……ご婦人の知恵というやつですね」

震える手で、刺繍《ししゅう》の装飾があるスリッパを出された。家に一歩入ると、まとわりついていた熱気が体から剥《は》がされ、ひんやりとした空気に包まれた。家全体が熱を吸収している。ドアが閉まると音も吸収したのか、表の喧騒《けんそう》が急に遠くなった。

「お見苦しいでしょうが、このままで失礼いたしますね」

「ええ、結構でございますよ」

ご婦人の口調が移った陽太は鷹揚《おうよう》にそう答えた。

キャベツを頭に被った老婦人が、南へ伸びる廊下をゆっくりと歩いていく。左右にあるドアの前を素通りして突き当たりのドアを開けると、そこは洋間だった。アンティーク調のテーブルとイス二脚。左手に薄いガラスがはめられた重厚な飾り棚と暖炉。右手には厳《いか》めしい本棚。少しだけ開けられたアーチ形の格子窓は、ツタで半分以上覆われている。正面には開け放たれたフランス窓。エメラルド色の木漏れ日が降り注ぐテラスがその先に続いていた。

クーラーは見当たらないが、そう暑くもなかった。風がそよそよと通っていく。切れ目ないセミの声と、庭の木々を抜ける風の音に時折、南部鉄器製の風鈴が澄み渡る一滴の響きを投じて涼を誘う。

洋間の隅に、わらで編まれた猫ちぐらが据《す》えてあった。白と黒のぶち猫が、ちぐらに背を預けてタオルの上に横たわっている。ちぐらには熱がこもるから入りたくないのだろう。

左前足に脱脂綿が貼られている。脱脂綿と足の境目にわずかに地肌が覗《のぞ》いていることから、注射を打たれたことが窺《うかが》える。いろいろ手を尽くしてもらっているらしい。毛質は年相応にパサつき毛量も少ないが、充分綺麗なほうだ。

「お紅茶でよろしいかしら」

「いえ、もうおかまいなく」

ゆっくりと部屋を出ていく、脆《もろ》そうな、曲がった背を見送った陽太は、ちぐらに歩み寄った。まどろんでいるような目つきの猫が錆《さび》ついた首をわずかに動かす。

陽太は正面にしゃがみ、においに集中した。

二十五歳の陽太が社長を務めているのは「ペットシッター　ちいさなあしあと」。

「ペットシッター」と冠してはいるが、依頼のほとんどはペットの看取《みと》りである。死に際《ぎわ》のペットをひたすら見守り、基本的には棺桶に入れるまでが仕事だが、客の求めがあれば火葬し埋葬まで行なう。

事務所は盛岡駅そばのビルの三階。従業員は去年入社した二十六歳の小島薫《こじまかおる》と、一年先輩の柚子川栄輔《ゆずかわえいすけ》、三十一歳である。

評判がよく、経営は安定している。その理由のひとつに、においで死期が正確に分かるという、陽太の能力が挙げられる。小学生の頃に遭った事故が原因で分かるようになった。あらかじめ正確な死亡日時が分かることは、お客にとって経済的にも心理的にも負担が少なく、メリットが大きい。

もうひとつの理由は、小島薫である。彼女は動物の言葉を理解する。最初に彼女の能力が明かされたのは、ライアという十五歳になる雌《めす》のラブラドールレトリーバーの看取りに連れて行った時だ。お世辞にも可愛がられていた様子のないライアが飼い主一家に「ありがとう」と伝えていると薫は言った。初めは、よくあるおとなの社交辞令に属する言葉だと、その場にいた皆が思った。が、続けた薫の言葉に全員がショックを受ける。飼い主一家の小学生の長女が隠していた、「ラインでハブられている」という事実を言い当てたからだ。

それ以降、薫は動物の言葉を伝えてきた。知られてはまずい一族の事情を暴露したこともある。無口だし、無表情だが機嫌が悪いわけではない、はずだ。薫はたいていの状況において「平淡」である。感情を表に出すことがほとんどないし、そもそも感情らしき感情を持っているのかも、いまひとつ定かではない。十五年前の夏、車に轢《ひ》かれそうになったところを、陽太に助けられたという過去を持つ。

柚子川栄輔は小太りで色白、丸鼻の童顔。おっとりしたひとのいい笑みが板についているため、一部の女性や、子ども、ペットには人気がある。既婚者のため、何かとのろけを聞かせてくる——ような気がして暑苦しい。

彼とは、ショッピングセンターで出会った。「ちいさなあしあと」を立ち上げておよそ三年。その頃、ひとりでは抱えきれないほどに仕事が入ってきていてひと手が欲しかった。平日、誰かいないもんかと思いながら棺桶に敷く布を調達した帰り、同じビルに入る家電屋の前を通りかかると、大型テレビの前で大柄な男が、子どもに交じって座りこんでいた。一心不乱に観ていたのは、『フランダースの犬』。

ラストシーンでは、子どもを差し置いて真っ先に号泣。泣き損ねた子どもに白い目を向けられていた。

背後に突っ立っている陽太に気づいた彼は振り返ると、鼻をぐずぐず言わせながら、

「やっぱりこのシーンは泣けますよね」

と、同類のように話しかけた。

「いえ、オレは別に」

と、陽太が答えると、相手はいいんですいいんです、感動した時はおとなだって泣いていいんです、と言ってきた。興味を持った陽太は、名刺を渡して喫茶店に誘った。聞けば、彼はブラックなＩＴ関連企業を辞めたばかりで求職中とのこと。

「うちとこも、ペットの死が真夜中だの休日になることがあるから、ブラックっちゃあブラックだけど、大丈夫？」

確認したら、彼は身を乗り出した。

「そんなの関係ありません。看取ってもらえないペットを、看取る。素晴らしいと思います。ぼくが看取ってやれたら嬉しいです」

いい年して目をキラッキラさせてのたまった。

こんなやついるんだぁ、である。興味津々《きょうみしんしん》の陽太は、これは悪いやつではないと判断した。

しかも、飲み物を持ってきた店のひとに笑顔で「ありがとう」と自然に伝えていた。こういう男がシビアな死の現場にいてくれるのは何かと助かるかもしれない。

こうして柚子川は、「ちいさなあしあと」に加わることになった。結果的に、陽太は自分のリクルーターとしての目を自画自賛することになる。柚子川は陽太が見こんだとおり、真摯《しんし》にペットと向き合っている。死体に処置をするのも素手だし、扱いも非常に丁寧だ。顧客の目を見て話をじっくりと聞き、決して教え諭《さと》すことはせず、ひたすら相手の気持ちを汲《く》んで穏やかに慰めるため評判がいい。

「お待たせいたしました」

老婦人が茶運び人形のような動きで、持ち手のついた花柄のトレーに紅茶をふたり分のせて部屋に入ってきた。カップののったソーサーを両手で持ってカタカタ音をさせながら陽太の前に置く。左のひと差し指に、古い切り傷がある。薬指にはルビーの指輪がはまっていた。

紅茶は少しこぼれてソーサーに溜まった。

「この度は弊社にご用命くださいまして誠にありがとうございます」

「こちらこそ、助かりますわ。初めて飼った猫ですから、死ぬ場面にひとりで立ち会う勇気がなくって……」

時間の流れから、長い間取り残されたような庭を見やった珠緒は、十五年前の夏のことでした、と話し出した。


そろそろ外灯が灯ろうかという頃、みかん色がかった紫色の夕焼けの下を、夕飯の買い物から帰ってくると、自宅前の小さな階段の下に段ボール箱が置いてあった。

蓋を開け中を覗くと白黒のブチの子猫が入っていた。蓋が開けられた気配に、子猫が顔を上げた。

生まれてひと月といったところだろうか。毛並みは綺麗。白い部分はちゃんと白いし、黒い部分は光沢のある黒色にくっきり分かれていた。目もキラキラと輝き、目ヤニはついておらず、鼻水も垂れていない。珠緒を見上げて、小さな声でにいと鳴いた。

珠緒は買ったものを階段の二段目に置くと、段ボール箱を抱えた。鼻をひくひくさせる。子猫も鼻を上向かせ珠緒のにおいを嗅《か》ぎ取ろうとしていた。

玄関横の洋間に段ボール箱を運びこむと、外に放置した買い物袋を取ってくる。

洋間の奥のキッチンで、夕飯の支度をしている間、子猫が入った段ボール箱はキッチンから見える位置に置いておいた。と言っても、珠緒はひとつのことに取りかかると周りが見えなくなる。あれもこれもに注意が払えないのだ。それは清二にも伝えてあるので、清二は珠緒がひとつのことをやり遂げるまで、「靴下の片一方はどこ?」だの「新聞の集金が来たよ」だのと、他の用事で煩《わずら》わせないように気をつけてくれていた。

キャベツを千切りにしていた時、スッと心臓が冷えた。左のひと差し指の先から見る間に血が湧き出してきた。鮮やかな赤である。思いの外《ほか》、深く切ったらしい。瑞々《みずみず》しい黄緑色のキャベツに落ちる前に珠緒は洗い流し、キッチンペーパーで押さえた。

料理に集中しなければ。動揺しちゃいけない。うすうす感づいていたじゃないの。だったらしっかりなさい珠緒、と珠緒は気持ちを持ち直そうと努める。

食器棚の引き出しから絆創膏《ばんそうこう》を取り出す。いつ買ったものやら不明で、久しぶりに使うことになったそれは、粘着部分がべたべたしていた。

冷ややっこの肉みそがけ、豚の生姜《しょうが》焼き、海老とアスパラの梅和え、キャベツとタマネギの味噌汁の夕飯ができあがる頃には、すっかり猫のことは忘れていた。だから、食卓となる洋間のテーブルを布巾で拭いた珠緒は、床の段ボール箱を見て、一瞬キョトンとしてしまった。

そうそう、ここに猫がいたのだったわ。

猫は段ボール箱の中にはいなかった。

どこに行っちゃったのかしら。見回してテーブルの下を確認すると、そこに水たまりができていた。水たまりから、花びらほどの大きさの足跡が点々と続いている。たどっていくとキッチンだった。

「あら、猫はここへ来たのね。全然気がつかなかっ……わっ」

見回した珠緒は声を上げた。猫はすぐ後ろにいた。おとなの猫のように一丁前に前足を揃《そろ》えて座り、すまし顔で珠緒を見上げている。左右にひげをピンと張り、短い尻尾《しっぽ》を床にぱったんぱったんと打ちつけていた。

どお？　じょうずにかくれたでしょう。

そう得意がっているかのように見えた。

「褒《ほ》めてほしいのかしら」

珠緒が猫の前にしゃがむと、猫は物怖《ものお》じすることなく珠緒を見つめてくる。綺麗な形の澄んだ目だ。

「まあ、なんというお目めでしょう。宝石よりずっと美しいのねえ」

久しぶりにこういう瞳を見た。そっと手を伸ばして頭をなでてみる。猫は珠緒がなでやすいように頭をこちらに向けて目を細めた。柔らかな毛のすぐ下に、卵の殻とグラスの中間ぐらいの薄い頭蓋骨《ずがいこつ》を感じる。

小さな前足をすくってみた。

猫の足は温かくて柔らかい。足の先の先にまで、命が宿っている。

珠緒が手のひらを猫の前に掲げてみると、猫はお尻を落として両前足をぺたりと合わせてきた。

珠緒は頬《ほお》を緩ませる。

間もなく清二が帰ってきた。インテリアの会社を定年退職したのちも、相談役として会社に出勤しているのだ。珠緒は清二を出迎えるために玄関へ行った。猫はこの家の一員であるかのように堂々とした態度でついてくる。珠緒はそれがおかしかった。

「おかえりなさい」

珠緒と共に出迎えた猫に、清二はギョッと身を引いた。

「あ、ああ。ただいま」

猫を凝視《ぎょうし》しながら清二は、顎《あご》を振った。

「その猫は?」

「家の前にいたんですの。段ボール箱に入って」

おもらししたことは、猫の名誉のため黙っていることにした。

「それは、捨てられていたということじゃないのかい？」

清二は通勤カバンと弁当包みを珠緒に渡す。

「そうでしょうね。だってとてもひと懐こいのですもの」

「捨て猫なら、ほら、なんだ、何か言伝《ことづて》か何かが入っていたんじゃないかね」

珠緒は少し首をかしげた。

「いいえ。何にも入っておりませんでした」

清二の肩がゆっくりと下がる。

ブチ猫は、スリッパにはき替えた清二の足に頭をこすりつけた。清二はうろたえ顔で見下ろしている。珠緒は笑った。

「清二さんにもすぐに懐きましたね。うちで飼ってあげましょう」

「え？　この猫をかい？」

「ええ。何かの縁ですから」

清二は靴を脱いで、猫をまたぐように歩くが、猫は遊んでくれていると思うのかじゃれつく。清二は踏まないよう上げた片足の置き場に迷ってバランスを崩し、壁に額をぶつけた。猫はその音にびっくりして尻もちをついた。目をまん丸く見開いて清二を見上げる。それから頭を振って立ち上がった。その様子に、珠緒は、清二の鞄《かばん》で口元を覆ってくつくつと笑った。

食卓の下で、子猫がミルクを飲んでいる。時々むせて鼻から牛乳を吹き出す。

清二は、生姜だれを滴《したた》らせる豚肉で千切りキャベツを巻くことに熱中している風で、テーブルの下に視線を向けない。

珠緒は話を振ってみた。

「名前をつけなきゃいけませんわね。何がいいかしら」

「猫にかい？」

清二は顔を上げ、目を見開いた。

珠緒は口を噤《つぐ》んで、瞬きをして清二を正視した。当たり前じゃありませんか、と無言で表明したつもりだ。清二に伝わったようで、取ってつけたように「そうだなぁ」と話を合わせた。

清二が、テーブルの上に置かれた珠緒の左手をちらりと見る。珠緒は無意識のうちに絆創膏を親指でこすっていた。

「おかわりいかが？」

珠緒がテーブル越しに右手を伸ばすと、清二は箸《はし》を置いた。

「いや、もう充分いただいた。ごちそうさま」

珠緒がテーブルの上を改めて見れば、夕飯はそれぞれ皿に半分ほど残っていた。清二が料理を残しがちになってきた時には、悲しく寂しかった。初めは年のせいだと思っていたからだ。もう自分たちは、エネルギーをたくさん必要とはしなくなっているという事実に切なくなったからだった。

でも今は、悲しさや寂しさだけではない。

「……名前、啄木《たくぼく》なんてのはどうかな」

「たくぼく……」

「嫌かな？」

珠緒は笑顔で首を振った。

「あなたが名づけたのならそれが一番この子にふさわしい名前ですよ」

啄木、と呼んでみると、猫はにい、と小さい返事をした。尻尾をぱったんぱったんと床に打ちつける。どうやら了承したようだ。

「啄木、と言うからには、オスなんですね？」

「え？　ああ、そうだな、これはオスだろうな」

清二は、脛《すね》に体を絡ませる猫を見下ろす。

珠緒は頷《うなず》いて、余った食事を下げた。食器を洗う時には、指の血は止まっていた。

猫は、「啄木」と呼ばれればちゃんとふり向く。試しに「賢治」だの「石川」だのと呼んでも見向きもしなかった。

キラキラした目でじっとひとのことを見つめるので、呼び捨てにするのもどこか気が引け、珠緒はいつの間にか「啄木さん」と呼ぶようになった。

珠緒がそう呼ぶので、清二もごく自然にさんづけで呼ぶようになり、時には「たくぼっさん」と呼ぶこともあった。啄木さんは「たくぼっさん」でもちゃんとそばに来た。それが「啄木」という自分の名前の変化形であると認識しているということである。

啄木が来てから、清二の帰りは早くなった。休日も、以前はちょくちょく仕事に行っていたのが、在宅するようになる。

平日の日中、啄木は常に珠緒のそばにいた。珠緒がキッチンへ行けばついてきたし、掃除をしていれば暖炉やキャビネットの上に招き猫のように座って見下ろしていた。それまで浴室の掃除は、すりガラスを閉めてやっていたのだが、啄木を飼い始めてからは、顔半分ほどのすき間を開けておくようにした。啄木はそこから興味深そうに覗いているのだった。また、珠緒が本を読めば横から顔を突っこみ、それが新聞ならば、当然のように上に座った。

捨てられた体験が啄木を寂しがり屋にさせたのかもしれない。

啄木は、珠緒が料理するのを見るのが特にお気に入りのようだった。耳を左右互い違いに動かしながら、粉をこねたり丸めたり伸ばしたり、野菜を切ったり煮たり、肉や魚を焼いたり揚げたりするのを目と耳で追っている。そういう作業の先に良い香りが漂うということを覚え、そしてその良い香りはやがて自分の口に入るおいしいものになると結びつけて考えているようだった。湯気に含まれる芳香を丸い鼻で追って目を細めている時の顔は、見ているほうまで幸せにする。

相談役を勤めあげて離職してからの清二は、よくテラスのベンチで啄木と過ごすようになる。そこで新聞や、自分の書斎から引っ張り出してきた本を老眼鏡をかけて読んだりするのが習慣だ。

わたくしたちがおそばにいたら、お邪魔になりませんかと慮《おもんぱか》ると、いやここがいいんだ、と平気な顔をしていた。

啄木が最初に桐生家に来た日は、ぎこちなかった清二も、時間がたつにつれ啄木に馴染《なじ》んでいった。読んでいる書物を覗きこむ啄木を、膝《ひざ》の上に抱き上げたりする。清二の腕にぴったりはまる啄木は、見るからに抱き心地がよさそうだった。

啄木は夫婦の視界に入るところで遊んでいた。落ち葉を追いかけたり、テラスの手すりをバランスを取りながら渡り歩いたり、仰向《あおむ》けになって清二のスリッパを抱き、後ろ足で蹴りを入れたりもした。

時に、降る雪をじっと見つめていたり、日差しに目を細めたり、カーテンを思い切り駆け上がったり、空き箱に頭から突っこんで、下半身をはみださせたままじっとしていたりする。

　珠緒には、彼のすることは暇潰しではなく、ひとつひとつに深い意味があるように思えた。

　啄木が桐生家に仲間入りして十年がたった秋口のことだった。

　揃ってテラスで朝食をすませ、いつも通り清二はそのままテラスのベンチで書物を読み、珠緒はテラスの前で洗濯物を干していた。

「君」

　珠緒は背後から声をかけられて、洗濯物をピンチで留めてから振り返った。清二はゆったりとベンチの背もたれに寄りかかると老眼鏡を外した。

「朝食は何かな」

　珠緒はびっくりして清二を見つめた。あんまり驚いたものだから、顔のしわが伸びたぐらいだ。

「はい？　……お腹《なか》が空いたのですか？」

「そろそろ、朝食の時間だろう？」

「召し上がりましたでしょう？　わたくしと一緒に」

「そんなことはないだろう。ぼくはまだいただいてないよ」

清二はいたって真面目《まじめ》で紳士的に抗議した。啄木を飼い始めて以降、清二の食欲は戻っていたが、これは少しおかしい。

珠緒は乾いていく唇を舐《な》めた。洗濯物を手にしたまま固まっている妻に、清二はもどかしそうに「ああ、いい、いい。ぼくが用意しよう」と立ち上がった。

結婚して以来、そんなことを一度として申し出られたことがなかったので、珠緒は腰が抜けるほど驚いた。

「いえ、清二さん、わたくしがやりますよ、ごはんですね。はいはいご用意いたしますから」

珠緒は洗濯物を中途にして急いでキッチンへ入った。炊飯器のスイッチは切っていたが、ご飯はまだ温かい。鍋の味噌汁もまだ冷めてはいない。冷蔵庫の保存容器からきんぴらごぼうとひじきの煮物を小鉢に移した。

洗濯物を干しながら、ちらちら見ていると、清二はおいしそうにすべて平らげた。

また、朝食を催促するだろうかと、珠緒は食器を拭いたり、床にモップをかけたりしながらヒヤヒヤしていたが、清二は啄木をハンディモップでからかって遊ぶことに夢中になっていて、言い出すことはなかった。

朝食を食べたのに、再度リクエストしたのはその一回だけだ。だから珠緒はそんなに気にすることはないと自分に言い聞かせた。誰だって年を取れば、物忘れを起こすものだからだ。自分だってスーパーに行って何を買うのだったか忘れたりするし、雑巾をどこに置いたか忘れることも結構ある。回覧板を持ってきてくれる珠緒よりひと回り若いお隣さんでさえ、お風呂に入る時に気がついたらパンツをはいたままだった、と笑っていたぐらいだ。そんなものなのよ。それをいちいち大袈裟《おおげさ》に取り立てていたら身が持たないわ。

――だが、それは楽観的すぎた。

清二の物忘れは徐々に進行していく。珠緒の物忘れとは質が違う。言い間違いが増え、それを本人が自覚していない、五分前に話したことを初めて話すかのようにそっくりそのまま話し出す……。

珠緒はじわじわと不気味さを感じ始めた。清二は一体どうなるのだろう、わたくしたちはどうなってしまうのだろうと不安が膨《ふく》らんでいく。しかし、誰にも相談しなかった。自分の笑い話とは違うのだ。他人に相談するのは不名誉なことだと思っていた。自分の夫のことである。自分は妻なのだ。夫を支えるのが妻の役目である。たとえ何があろうとも――。珠緒はそういう信念を持っている。

清二に症状が現れてから、五年たった今年の春先のことだった。道路沿いの家の庭では梅がほころび、庭のいずれかの木から、鶯《うぐいす》が囀《さえず》りを練習する声が響いていた。

昼下がり、肴町《さかなちょう》商店街で買い物をすませた珠緒は、肩にエコバッグをかけて、今夜はカキフライにしようと計画しながら家に向かっていた。

ふいに、猫の鳴き声のようなものを聞いたような気がした。

民家のブロック塀や生垣に添うようにして、道の先からこちらに転がってくるものがある。目を凝《こ》らせば、それは白と黒の毛玉。珠緒は、目を丸くした。

「啄木さん？」

こっちまで出張してくるのね、と感心していると、啄木は珠緒の足元に駆け寄って、珍しく大きな声で鳴いた。それは通行人や散歩中の犬が振り返るほどの大声だった。

「ここまで来たの？　わたくしがここにいるとよく分かったわねえ、偉いわねえ」

珠緒はおっとりと褒める。いつもの啄木なら満足げに胸を反らせるのに、今日の啄木は、アンテナのように尻尾を立てて四肢を突っ張ってぎゃあぎゃあ鳴きわめくばかりで、珠緒の賛辞に耳を貸さない。

啄木は、身を翻《ひるがえ》して来た道を駆け戻っていく。その後ろ姿を見送っていると、啄木は足を止めて振り返った。珠緒に向かって大きな声で鳴く。

呼んでいるのだろうか。

啄木のそばへ急ぐ。すると啄木は駆け出し、ずっと先に行ったかと思うと足を止めて振り返り、珠緒がそばに来るのを尾をイライラと揺らして待つ。やってくると待ちきれないように駆け出し、また立ち止まって待ち、駆け出す。珠緒は追いかけ続けた。

どこに連れて行こうとしているのかと思っていたら、これが家に帰ってきたのである。

「啄木さん、うちじゃありませんか」

ちょっと呆れながら、ドアを開けた珠緒は、鼻をすん、と鳴らした。

焦げ臭い。

嫌な予感がして、買い物袋をその場に置くと、急いでキッチンへ向かう。焦げ臭さに加えて煙たくなってくる。

ガスコンロが目に入ってきた珠緒は息をのんだ。鍋が煙を上げている。慌ててガスを止め換気扇を回し、窓を開け放つ。煙が一気に流れていく。

息を切らし、胸を押さえた。

頭が巡り始めると清二がどこにいるのかが気になってきた。キッチンから洋間を抜け廊下を突っ切って、南側の洋間のドアを開ける。

テラスで庭を眺める清二の後ろ姿があった。大股で近づき、清二の正面に立つ。

「清二さん」

珠緒の声は強張《こわば》っていた。問い詰めようと息を吸いこんだ時、インターホンが鳴った。タイミングの悪さに唇を噛《か》んで、珠緒は清二と玄関とを交互に見た。

インターホンがまた鳴った。

珠緒は清二への詰問《きつもん》をひとまず棚上げし、玄関へ向かう。

モニターを覗くと顔面が凸状になったお隣さんが、カメラに顔を寄せていた。あまりに近づきすぎていて顔の半分が影で塗り潰されている。

珠緒は髪をなでつけ、ファスナーがサイドの位置にまで回ってしまったスカートを正しい位置に戻すと深呼吸をひとつした。

ドアを開けると、彼女が無遠慮に覗きこんできた。その頭の上を黒い煙が外へ向かって流れていく。

「大丈夫？　凄《すご》く焦げ臭いけど何かあったの？」

心配そうな顔を仰向けて、お隣さんは煙の行方を見やった。年寄りのふたり暮らしだということはご近所さんなら誰でも知っている。おまけに、以前彼女には珠緒自身の物忘れ談を披露していた。

「大丈夫です。ご心配をおかけしてごめんなさいね。強火で料理していたらあっという間に焦げちゃったの」

ゆっくりと、落ち着いた口調を心がけ、余裕を見せるために面目なさそうに笑いもした。足元に啄木がいて珠緒を見上げている。

顔のくもりを晴らさせられぬままお隣さんを帰し、小火《ぼや》を知らせてくれた啄木を褒める余裕もなく、珠緒はテラスに出た。清二は本を読んでいた。ちらっと目に入ったそれは、珠緒が買い物に出る前に開いていたページと同じだった。

「清二さん。どうしてガスをつけたまま目を離すの。火事になるところだったじゃないですか」

清二は首をかしげた。

「なんのことかな」

珠緒はキッチンへ戻って真っ黒になった鍋を手に再びテラスに戻る。啄木がずっとついてくる。

清二に鍋を突きつけた。

「これですわ」

清二は鍋と珠緒を交互に見ると、肩をすくめた。

「これをぼくがやったというのかい？　なぜ。君がやったんじゃないのかい？　第一、ぼくは君の城に入ったりなんかしていないよ」

清二からは嘘をついているとか誤魔化すという感じは受けなかった。心から「キッチンへ入っていない」し、「鍋を焦がしたこともない」と思いこんでいる。だから、いきなり焦げた鍋を鼻先に突きつけられ当惑し、しかも、なにやら濡れ衣を着せられているようだと解釈して、眉根に苛立ちすら表していた。

珠緒は膝から力が抜けそうになった。言い募る気力もなくキッチンへ戻り、鍋を洗い始めた。焦げは落ちる気配を見せない。重曹《じゅうそう》を入れて煮立たせても、ちっとも落ちない。スポンジからたわしに、それもダメでスチールたわしに持ち替えてこすった。手がふやけ、左手の薬指には指輪が食いこんでいく。ひと差し指の切り傷の痕《あと》は未だに消えていない。多分、死ぬまで消えないだろう。

珠緒は普段から、使い終わった調理道具はピカピカに磨いておくのをモットーとしている。そうすれば、料理を最後まで手を抜かなかったという自負心と、達成感が、より強まったから。そして次に使う時、綺麗な道具は気持ちを浮き立たせてくれ、気分よく料理を始めさせてくれるから。それは料理の出来栄えにも反映されていた。きちんと手入れされた道具を使うと料理の格が上がるのだ。

なのに、そうやって地道に整えてきた鍋は、たった一時間足らずで真っ黒になってしまった。これではまるで、長年家事を疎《おろそ》かにしてきたみたいである。惨《みじ》めに焦げた鍋に、ダメな主婦と弾劾《だんがい》されているような気がした。そもそも、夫というものは外で稼ぐ者で、妻というものは内で稼ぐ者という考えが染みついている珠緒には、夫にガスを使わせたことからして妻失格と、烙印《らくいん》を押されたのも同然だったのだ。

清二さんはわたくしを不満に思っていたのかしら。役立たずと思っていたのかしら、だから自らキッチンへ入ってガスを使ったのかしら。わたくしはまだまだ満足のいく妻ではないのかしら。

左手のひと差し指に鋭い痛みを覚え、ビクリと手を引いた。

スチールたわしの繊維が、ふやけた古傷を刺している。鍋の汚れた水に、血が糸を引き、落ちて、やがて混じり合った。

傷つくところは同じだ。

涙が水面を打った。

わたくしが一体何をしたって言うのよ……。ついにそう思った。初めてそう思った。うっかりそう思いそうになったことは何度もあった。しかし、きっとまた元に戻る日がくると、若い頃のように彼が自分だけを見つめてくれる日が戻ってくると、そう信じてそれにすがって「わたくしが一体何をしたって言うのよ」と考えそうになる自分をなだめて、その言葉が、頭の中ではっきりとした言葉になるのを押し止めていたのだ。

珠緒は手を止めることも、食いこんでいく指輪を外すこともなく、焦げをこすり続ける。足元には啄木がいる。

翌日の午前中、ケースワーカーと保健師が訪ねてきた。近所のひとから連絡があったらしい。さすがに小火は、買い忘れや雑巾の置き忘れとは違い、我が身に累《るい》が及ぶため見過ごせないのだろう。珠緒は彼らの気持ちも分かった。

ケースワーカーと保健師は、施設を紹介するし、相談にものる、自分たちにはそういう準備があると申し出てくれたが、珠緒は、清二にはできるだけ家にいてほしい、清二の面倒は自分が最期まで看たいのだということを強く伝え、断った。

ケースワーカーと保健師は尊敬と同情と憐憫《れんびん》の混じった目で珠緒を見た。

彼らが帰ったあと、たとえ言葉の綾《あや》でも「面倒」と口に出してしまった自分が恥ずかしくなった。

清二は自分のしでかしたことなどすっかり忘れたかのように、朝食を平らげていた。

そんな清二が施設に入るきっかけになったのは、自宅で転倒した際に負った足の骨折である。入院して、リハビリ施設に転院。それから老人施設へ移ったのだ。

清二は帰宅を希望していた。珠緒も、折を見て清二を家に引き取ろうと計画していた。

ところが、事情ができて、清二を連れて来られなくなった。

紅茶を見つめて語り続けていた老婦人は、その長い話を終えた。

南部鉄器の風鈴が、涼やかな音色を響かせる。

珠緒は風鈴の音に、ふと、というように顔を上げた。夢から覚めたような顔で視線を巡らし、陽太と目を合わせた。陽太は静謐《せいひつ》なまなざしで老婦人を見つめ続ける。その視線を受けた彼女は、あなたには筒抜けなんですものね、と目元を緩ませる。

「そのお鼻は何も動物だけに力を発揮するという仕様じゃないのでしょう？」

どう答えようか、陽太は迷った。

これまでに、ひとの寿命を見てほしいという依頼はいくつかあった。すべて断ってきた。認めれば、この老婦人も、誰かの寿命を見てほしいと頼んでくるかもしれない。

陽太は目を眇《すが》めて、口元に優しいしわを刻む珠緒を透かし見た。

そして。

「……ええ。分かりますよ」

と、答えた。珠緒は、目をつむるほど細めて、うんうんと頷いただけで、陽太が身構えたことは何も要望してこなかった。

「そのお鼻で、なんでも嗅ぎ取ってこられたのでしょう。それならば、お辛《つら》いこともあったでしょうね」

「そんなことは……」

陽太は否定しかけて、途中でやめた。このひとだって、八十年近く生きてきたのだから色々見てきたはずなのだ。年寄りの言葉は否定するものじゃない。

「久しぶりに若い方とお話ししたから嬉しくて長話になっちゃったわね。ごめんなさいね」

胸の前で手を合わせる。目は緩やかな曲線を描き、唇の上に縦じわが寄る。薄皮パンの齧《かじ》り口にできるしわにそっくりだと陽太は思った。そう思ったら自然と顔が綻《ほころ》んだ。

珠緒はテーブルに手を突いて慎重に立ち上がると、啄木に歩み寄って覗きこむ。「啄木さん、清二さんを慕ってらっしゃったのに、今は離れ離れになってしまって」

陽太をふり向いた。

「啄木さんはどこも悪くないのです。お医者様が仰《おつしや》るには老衰なのだそうです。——お迎えはいつかしら」

陽太は啄木を見やる。啄木はその気配を察してか、ぎこちない動きでわずかに首を動かし、膜のかかった瞳を陽太へ向けた。

「五日後の正午に、残念ながら旅立たれます」

「そう」

珠緒は息を吐いた。

「残念でもありませんわ。大往生ですもの、ね？」

陽太は珠緒を見つめる。珠緒は冷めた紅茶に目を据えて、何かを言おうか言うまいか迷っているように右手で左の薬指の指輪をいじっている。

家のどこかで、重厚な柱時計の鐘の音が響いた。珠緒が、あらそろそろ時間だわ、と呟《つぶや》く。

「これから清二さんのところへ行きますの」

「入所されてるのは確か」

「ここからわたくしの足で二十分ほどのところにある施設です」

施設に入って、職員や入所者から刺激を受けるのか、施設のレクリエーションが功を奏しているのか、病状の進行は止まっているように見えるという。日によっては、普通に会話もできる。

清二は珠緒のことを思い出すこともあれば、別人と勘違いしていることもある。しかし、自分を頼っているのは間違いない、と珠緒は自信を覗かせた。

「このまま良い状態が続けば、うちに帰ってこられるかもしれません。清二さんはそのうち帰宅できると、希望を持ってらっしゃるんですのよ」

陽太を見送るために玄関に出てきた珠緒は、目元をおっとりと緩ませ「ごきげんよう」と手を振る。

陽太も「ごきげんよう！」と返した。

室内は天然クーラーのおかげで涼しかったが、一歩出ると灼熱《しゃくねつ》だった。本気で照りつける八月の日差しに、アスファルトやビルが歪んで見える。この焼けるような暑さの中、七十八の珠緒は徒歩で二十分かかる亭主の元へ向かうのか。

しわしわの手を思い出して、蒸発してしまうんじゃないか、と思った。

土埃《つちぼこり》やタイヤのにおいが留まっている駐車場に停めた愛車のパオはアホみたいに熱くなっている。数年前、この屋根に生卵を落として目玉焼きを焼こうとしたバカがいて、陽太はブチ切れ大げんかに発展したことがある。細かいことは忘れても、宝物を無碍《むげ》に扱われたことに関してだけは異常に覚えている質《たち》だ。

思い出したら、蒸し暑さが相まってやたら腹が立ってきた。火傷《やけど》しそうなドアノブをつかんで開け、クーラーをつけた。打ち合わせの体裁を整えるためだけに着ているジャケットを脱ぎ助手席に放り投げ、ワイシャツのボタンを無造作に外す。袖口《そでぐち》のボタンも外し、まくり上げた。

肴町商店街のほうから、盛岡七夕まつりの賑《にぎ》わいが聞こえてくる。やっと地上に帰ってきたような、そんな心地がして、ほっと息を吐いた。

ポケットからフリスクを出して口に放りこむ。鼻についたふたつの死のにおいが消えていく。

『そのお鼻で、なんでも嗅ぎ取ってこられたのでしょう。それならば、お辛いこともあったでしょうね』

辛いことはなかった。腹が立つことはあったが。それも終わったことだ。

パオに乗りこむ。コンパクトな車内は随分涼しくなっていた。

体のほてりが収まるのを待って、陽太はサイドブレーキを外し、駐車場を出た。

月極《つきぎ》め駐車場から事務所に入るまでの少しの間にも焦げそうになる。事務所に戻ると、柚子川と薫が「おかえり」「おかえりなさい」と迎えた。

陽太はまっしぐらにガラステーブルに向かい、放置されたリモコンをクーラーに向けた。設定温度をガクンと下げる。

「陽太、薫さんが寒いでしょ、温度上げてよ」

Ｔシャツ一枚で、首からタオルを下げた柚子川が苦言を呈した。

「はあ？」

キーボードを一定のリズムで叩き続けている薫に視線を向ける。

「薫だってあっついべ、なあ？」

薫はモニターから顔を上げて、陽太に向かって首をかしげた。

「女性は寒がりなんだよ、風邪引いたらどうするの」

動物の言葉が分かる薫は、需要が高い。稼ぎ頭の彼女に体調を崩されたら厄介である。

陽太は仕方なくリモコンをクーラーに向けて温度を戻し、自分は冷蔵庫へ足を向ける。扉を全開にして仁王立ち。柚子川が呆《あき》れた顔で眺める。

柚子川は自宅で嫁に合わせてクーラーの設定温度を高くしているため、暑いのには慣れっこらしい。夜はパンツ一丁で床に寝ているそうだ。ご愁傷様とからかい混じりのお悔やみを述べた陽太に、でも朝になると、お腹にタオルケットをかけてもらえているのだと、のろけた。

ただでさえ猛暑のところにもってきて、結婚二年のぽっちゃり型の柚子川が事務所にいると余計に暑い。

「柚子川、早く次の現場行け」

「まだ一時間もあるよ」

「いいから行け、とっとと行け。日が暮れるまで戻って来なくてよし。薫ー、五日後、桐生さんちな」

「はい」

ワイシャツのポケットの中で、スマホが鳴った。画面には国際電話の番号が表示されている。国際電話をかけてくる知り合いを、陽太はひとりしか知らない。

通話マークに触れる。

「はい」

『やあ、陽太かい？』

「誰だよ」

知っているが聞くのである。

『ダディだよ。久しぶりだね。元気そうだね』

「おかげさまで」

『こっちはいい天気だよ。そっちはどうだい？』

イベントコンサルティング会社に勤める父は、天気を聞くのが挨拶代わりだ。

「本気の晴れ。うんざりするぐらい」

『そりゃよかった』

「で、何」

『ぼく、近々日本に帰ることになったから』

「あそう」

どうせ二、三日いてすぐにまた渡航するのだ。

会えるのを楽しみにしてるよ、とダディ智雄《ともお》は明るく言って電話を切った。明るければ明るいほど、切ったあとの静けさがやけに際立つ。


五日後のその日。珠緒、陽太、薫、それからキャリーケースに入った啄木は紺屋町《こんやちょう》の老人施設の中庭にいた。広い中庭には、あちこちに木が植えられ心地よい木陰を作っている。風もよく通った。しゅわしゅわとセミの声が降ってくる。

職員に車イスを押されて、清二はホールから直接、中庭に出てきた。猫を館内に入れることはできなかったので、ここでの面会となったのだ。

清二は猫背になっていたが、車イスの肘かけにしっかりつかまって穏やかでありながらシャンとした表情をしている。珠緒が陽太に耳打ちする。

「今日は調子がいいようです」

職員が立ち去ると、珠緒が清二に話しかけた。

「清二さん、啄木さんをつれてきましたよ。啄木さんと最後のお別れをしましょう」

珠緒が話しかける。陽太はキャリーケースから啄木を出し、清二の膝の上に移した。清二はゆっくりと膝の上に目を落とす。その目が、猫から珠緒に移る。にこりとした。

珠緒が清二に一歩近づく。

「あなた。今日は、啄木さんの寿命が尽きる区切りの日ですので、わたくしもあなたにお伝えしたかったことを、これを機会に申し上げますわね」

珠緒が後ろ手を組んで、清二の耳元に口を寄せる。

「わたくし、いっぺんにひとつのことしかできませんから、あなたのようなひとを理解できませんの」

陽太は珠緒の背中に注目した。

「わたくしが気づかなかったとでも思って？」

清二の顔から笑みが引け、目が珠緒へと流れる。

「啄木さんがうちに来た日、覚えてらっしゃいますか？　十五年ほど前ですねえ。啄木さんの入った箱を抱えて家の中に入った時のことなんですけれどもね、箱からなのかしら啄木さんからなのかしら、あなたと同じ香りがしたんですのよ。あなた、急にコロンをお変えになったことがあったでしょう？　その香りと同じだったんです。それからね、あなた、『啄木』とすぐに名づけられましたね。あれはいつもあなたが啄木さんをそう呼んでいたからなんじゃなくって？　啄木さんとすれば当然、その名前に反応しますわよね。それから、啄木さんがオスだなんて、よく検《あらた》めもせずに断定できたのは、前からご存じだったからでしょう？　ほほほ」

陽太は固唾《かたず》をのんで成り行きを見守る。珠緒の組まれた右手が左手のひと差し指をさすっている。

「あなたの浮気のことよぅく覚えておりますわ。申し上げたでしょう、わたくし、一度にひとつのことしかできないと。一度にふたつも三つもできる方より効率が悪いですが、その分、気持ちは全部注いでおりますの。気持ち全部がひとつのことに注がれるのでございますよ。それですので、強く記憶に残るのです」

珠緒はすうっと体を離した。背を向けてゆるりゆるりと清二から離れていく。清二は啄木を膝にのせたまま、腰の曲がった妻の後姿を見つめている。

啄木が、錆ついたブリキ人形のような動きで、身じろぎした。次の瞬間、それまでその存緒を追う。

在をほとんど消していた薫が動いた。清二の膝から啄木を奪ったかと思うと、身を翻して珠

「あっ、おい薫っ」

陽太は近くにいた職員に清二を頼んで、薫を追いかけた。

敷地内の遊歩道の白い砂利を蹴って、陽太がふたりに追いついた時、珠緒は木のトンネル

の下の木製のベンチに腰を下ろしており、彼女の前に啄木を抱いた薫が佇《たたず》んでいた。

そこは、透き通った緑色の光と草木の豊かな香りで満たされている。風が抜け、木の葉が

さらさらと絶えず揺れる。木の葉が揺れれば光も揺れた。珠緒の、砂利に届かないつま先

も、心許《こころもと》なげに揺れている。

陽太が近づいていくと、珠緒が顔を向けた。はにかんだ笑みを浮かべる。

「言いすぎちゃったかしら」

陽太は目を細めて笑みを作り、隣に腰かけた。

「このベンチ、座り心地がとってもいいでしょう。いかにも『さあどうぞおかけください』

と大らかに迎えてくれているように感じるの。ゆったりとした気持ちにさせていただける

の。清二さん参りをしたあとは必ずこのベンチにお世話になりますのよ」

左手が座面をさらさらとなでる。

薫の腕に引っかけられている啄木は、まだ生きている。

「不思議よねぇ、憎らしくても離れることができなかったの」

相槌《あいづち》を期待されているようではないので、陽太は黙っている。

「男というものは浮気をする生き物。そう割り切るようにしてみたものの、なかなかうまくいきませんね。天秤にかけられている。まるで八百屋《やおや》の大根か何かのように、どっちがよい大根だろうどっちがおいしいだろう新鮮だろうと比べられていると思うと、わたくしはひととして、自尊心がひどく傷ついたのです」

珠緒はひと息ついて続ける。

「日中、ひとりでございましょう。あのひとの下着を畳んだりワイシャツにアイロンがけをしたりしながらいろいろ考えますわね。清二さんの中に原因を探して怒りに震えることもありますし、わたくしの中に原因を探して悲しくて涙が落ちそうになることもあります。そんな時、そばにいてくれる啄木さんの存在を、強く感じました」

膝元に来て、珠緒を澄んだ目で見上げる啄木。珠緒の膝にのせる前足。そのぽっちりとした重さが、愛しい。小さなぬくもりがしみこんできて、さざ波が立つ気持ちを落ち着かせてくれる。

「啄木さんはひとをよく見ています。わたくしには、彼がひとの外側や行いよりも、ひとの内を見ているような気がしてならないのです。このひとの気持ちは荒れ狂ってやしないか、穏やかで安らかであろうか、と。だから、きっと啄木さんは、わたくしの心根などとっくにお見通しでしたでしょうね」

陽太は開いた足に肘《ひじ》をのせて、珠緒の話を聞いている。

トンネルの上空を、カラスが鳴きながら飛んで行った。

薫がおもむろに啄木を珠緒に差し出す。

「だっこして、いいよ、だそうです」

「え？」

珠緒と陽太は同時に顔を上げた。

「啄木が、だっこし……」

「啄木さん、い、いでしょほんっとにこの子は、どうもすみません」

陽太が薫に注意してから、珠緒に媚《こび》を売りながら謝る。

「最期に珠緒さんに伝えたいことです。前からずっと言い続けているそうです。『だっこして、いいよ』と」

珠緒は薄い眉をハの字にして、手足を伸ばし切って薫の腕にかけられている啄木を見つめた。

「わたくし、一度も彼をだっこしたことがなかったのです。啄木さんはそう言ってくれていたのですね」

「はい。そばで珠緒さんを見上げるたびに、自分はいつでもそばにいるから、だっこしていいよ、と」

珠緒は、浮気相手に捨てられた猫を見つめると、意を決するように唇を結んだ。

ルビーの指輪のはまった手をためらいがちに差し出す。そっと抱き取った。手が震えている。赤ん坊を抱くように猫を仰向けにして左腕に抱え、右手でお尻を支えた。あら、と声を上げる。

「誂えたようにぴったりと腕にはまったわ。猫の体って、抱っこされるのを踏まえた作りになってるのねえ。それに、案外重いのね。わたくし、猫はもっと軽いのかと思いこんでおりましたわ」

珠緒は啄木を覗きこむ。啄木は薄目を開けている。その目はもう見えていないかもしれない。

「だっていつも軽々と歩いたり跳ねたりしてたんですもの。けれども、ねえ、あなたには、こんなにもしっかりとした重さがあったのですね」

啄木の尾が、ぱったん……ぱったん……と上下した。「ごめんなさいね、啄木さん」

珠緒がささやく。

「わたくし、あなたは捨てられたからすっかり寂しがり屋になって私のそばから離れないのかと、浅はかにもそう思っていたのです。とんだ勘違いでしたね。わたくしを案じてくださってたんですねぇ」

啄木は、耳障りのいい音楽を聞いているように耳を柔らかく立てている。

「お伺いしてもよろしいでしょうか」

陽太は柔和な表情で投げかけた。珠緒が顔を向け小首をかしげる。

「何かしら？」

「浮気相手の猫を、どうして飼おうと？」

「浮気相手に捨てられたからですよ」

珠緒は即答した。

「啄木さんがですか？」

「そして清二さんも。段ボール箱に入った啄木さんがうちの前にいた時に、清二さんはお相手の方にさよならを宣告されたと閃《ひらめ》いたんですの。その証拠に、啄木さんを飼ってから、清二さんは在宅時間が長くなりました。お料理も以前のように召し上がるようになりました。もうそちらのお宅へ通う必要も、お料理をいただく機会もなくなったのですから、当然ですわね」

「ご存じだったこと、ずっと清二さんには黙ってらっしゃったんですか？」

「ええ」

「十五年間も」

「も、とおっしゃるほど、わたくしにとっては長くはありませんでした。胸を占めるものによって、時間というものは歪むのでしょうかねえ」

「なぜ、黙ってらっしゃったのですか」

陽太などは、言いたいことはその時にはっきり言いたいほうだ。

「なぜ？」

珠緒は目を見開いた。おしろい粉をはたいた額に深い横じわが幾筋も刻まれ、緑色の影が差しこむ。

「わたくしの自尊心のためです。わたくしの誇りのためです。他に何があります？　ここまで侮辱されて、その上わたくしがそのことで彼に対して激高して見せたとしましょう、責めたとしましょう、詰め寄ったとしましょう。そんなこと」

珠緒のひと言ひと言が、啄木を揺する。珠緒は胸を大きく膨らませたりすぼめたりして、雑音混じりの息継ぎをする。啄木を抱く指先が震えている。顔が紅潮している。

「珠緒さん、落ち着きましょう」

陽太がなだめると、珠緒はキッと睨《ね》めつけた。

「わ、わたくしは落ち着いておりますっ。わたくしは決めていたのです、浮気のことを言い出すのは今ではない、この時ではない、と。最後の最後に、どちらかがこの世を離れる時に突きつけるのだと、そう決めてずっと、ひたすらに秘めてきたのです！」

そう叫んだ直後、ふつりと言葉を切った珠緒が前のめりになる。啄木が、ずるりと珠緒の膝から滑り落ちた。

正午を告げる、石川啄木の『春まだ浅く』が空に響き渡る。


救急車で、珠緒は病院へ搬送された。

つき添える者は誰もなかった。

珠緒に頼まれたとおり、陽太と薫は啄木を、最高ランクの檜の棺桶にシルクの敷布、十数種類の花で豪華に整えた「あやめ」コースで見送り、火葬後の骨は、火葬場の骨塚に埋葬した。

「啄木くんは、清二さんにはなんて伝えて逝《い》ったの？」

妻手作りの弁当で遅い昼食を摂《と》っている柚子川が、報告書を作成している薫に問いかけた。

「何も伝えませんでした」

猫は膝の上で黙っていたそうだ。

「意識が回復したのは、珠緒さんに抱っこされた時です」

「ふうん」

「珠緒さん、毎日、施設に通ってらっしゃったそうですよ」

「なんでお前が知ってんの」

陽太が、社長席で炭酸水を飲みながら問う。

「カラスです」

「カラスか」

そういえば、トンネルの上をカラスが飛んでいったな……。

あれは、小学生の事故の時だ。乗用車に轢かれて倒れた薫を、カラスが覗きこんでいた。その時カラスは『なんダ、まダ死んじゃいねえのか。腹減ッタ』と言ったそうだ。それが、薫が動物の言葉を聞いた最初だった。薫曰く、特に驚きはしなかったという。ただ「カラスって喋るんだ」と思った、と。それを聞いた陽太は、呆気にとられるのを通り越して、納得からの笑いがこみあげてきたものだ。

薫は初めのうち、口が悪いカラスの言葉はあまり聞かないようにしていたという。そのうち聞き流すようになり、「ちいさなあしあと」に入ってからは、耳を傾けるようになった。それは、ペットが語り切れなかったことまで、カラスが知っていると分かったからだそうだ。

カラスによってなのか、周りの要望によってなのか、そこのところは陽太には推し量れないが、薫は自分の役割を心得たように、カラスが勇んで伝えてくるそれを淡々と口に出す。伝えられる言葉に彼女の心情も意思も差し挟まれることは一切ないし、彼女はオブラートに包むなどという配慮も小細工もしない。薫の口を通してペットのそのままの言葉を聞いた依頼人は、衝撃を受け、癒《いや》され励まされてきた。

「なんで、けったくそ悪がってた旦那を毎日見舞ったんだ？」

陽太は首をひねる。柚子川が「お口っ」と陽太の口の悪さを窘《たしな》め、改めて珠緒の行動の意味するところを薫に尋ねたが、そういったことに明るくない薫は、途方に暮れた顔をした。

柚子川が弁当を見下ろす。卵焼きを見ているらしい。前にちらっと見えた時はハート形だった。卵焼きを二等分して切断面を交互に合わせて形作られている。いつもこの男は、箸をつけるのを躊躇《ちゅうちょ》しているようだった。「当てつけなのかなあ。珠緒夫人流の仕返しとか」

「仕返しっつったって、じいさんはたまに記憶が戻るぐらいで、ほぼ埒《らち》が明かない状態なんだよ？　通われたところで、分かってねえだろ」

「分かってますよ」

　薫が断言した。

「いつもではありませんが、珠緒さんが帰ったあとで、泣くことがありますから」

「それも、カラス情報か」

「カラス情報です」

「珠緒夫人はそのこと、知ってるのかな」

と、柚子川。

「カラスのことですか」

「じいさんが泣くことだよ」

と、陽太。「なんで泣くんだ」

「それはカラスには判断がつかないと思います」

　陽太は「カラスはもういい」と、炭酸水を飲む。柚子川はハートに組み合わされた卵焼きを、形を崩すことなくいっぺんに口に入れた。


　翌日、陽太は清二を見舞ったあと、大慈寺町《だいじじちょう》病院へ行った。病院は、清二のいる紺屋町の施設とは逆方向に位置する。

三階のナースステーション向かいのひとり部屋に、珠緒はいた。ベッドのリクライニングを上げて身を起こしている。入院服ではなく、ピンクのネグリジェに、フレアの縁取りがついたナイトキャップを被っていた。

「素敵なナイトキャップですね」

陽太が褒めると、珠緒はいたずらっぽい顔をした。

「ありがとう。キャベツより脱げにくくて結構ですのよ」

陽太は啄木の首尾を報告してから、珠緒の体調に触れた。

「ずっと前から微熱が続いていたのですが、実はこういうことでしたの」

珠緒はイタズラがバレたような顔をした。

「嫉妬や恨みつらみというものは何が怖いって、身の内から自分を蝕《むしば》むんですからねえ、始末に負えませんね」

ほっほっほ、と伸びやかに笑う。

「最近の病院は、治る見こみのない患者は、長く置いてくれませんのね。あなたに初めてお目にかかった時は自宅療養中でしたの。そんなこと、あなたはとっくにお見とおしでらしたのでしょう？」

陽太は簡易イスに腰かける。

「ええ」

「あなたがドライな方でよかったわ。憐れまれでもしたら困ってしまいますもの」

陽太は仰るとおりです、というように目を細めて頷く。珠緒は何か含むところがあるのか、左手の親指とひと差し指をこすり合わせている。薬指にはルビーの指輪がはまったまま。

指輪は、外さないのか、と思った。

ひと差し指には古い切り傷がある。

陽太の視線が、手に注がれていることに気がついた夫人は、左手を右手でそっと覆った。

少しだけ話をした。天気のことや、夏祭りのこと。もう、清二の話に戻ることも、啄木に話が及ぶこともない。

帰り際、陽太は腰を上げながら思い出したように、そうそうと言った。

「そうそう、清二さんが」

陽太がその名を出すと、珠緒は口を閉じて口角を上げた。しかし、目は笑っていない。

「お名前を呼ばれましたよ」

珠緒が真顔になった。

「『珠緒は?』と」

珠緒は微動だにせず、陽太を見上げている。

一礼してドアへと進んだ陽太の背に、珠緒の声が届く。

「ごきげんよう」

きっぱりとした別れの挨拶に、陽太は肩越しに振り返った。

夫人は陽太と目を合わせたあと、息を吐くように目を閉じた。陽太は、半分だけ光に照らされたその顔を見つめ、ごきげんよう、と返した。

病院から出て、建物と向き合った。八月の日差しを受けた病院は白く発光している。逆に駐車場に落ちる影は墨汁のように黒い。

『清二さんはそのうち帰宅できると、希望を持ってらっしゃるんですのよ』

そう口にし、頼られていることに自信を覗かせていた珠緒。

しかしながら、先に逝く彼女は勝ち誇った顔をしていた。伸びやかな笑い声が耳に蘇る。その鼻の下に縦じわはなかった。

陽太は、真夏の太陽に照らされながら、鳥肌の立つうなじをこすった。

ひと月後、桐生家の前を通った陽太は、忌中《きちゅう》の札を見た。

桐生家を訪ねた時に、もうひとつの死のにおいをとらえていた陽太に、驚きはない。

第二章　起点

『偉いじゃないか。まだ九歳なのに腕を折って泣かなかったんだって？　強いぞ』

アメリカに赴任して三年。地球の反対側にいる智雄は、電話の向こうで笑い声を弾けさせた。

市内の病院の談話室。入り口から一番遠い、自販機前のテーブル席に陽太は着いていた。

「十歳だ」

『そうか、十歳か。早いなあ。……じゃあ、何かほしいものはないか？　泣かなかったご褒美になんでも買ってあげよう』

「考えとく。ただ、もうぬいぐるみとトーマスはいらないから」

智雄はまた笑った。渡米してからの智雄の笑いのツボはよく分からない。陽太は、鼻にしわを寄せる。父親との電話のせいもあるが、さっきから変なにおいがするせいもある。

電話の向こうで、早口の英語が聞こえた。がさがさと雑音が入ったあと、智雄の声が復活した。

『陽太、悪いなちょっと忙しいんだ。また今度話そう。体には気をつけろよ！』

話すことなんか別にねえよ、と思いながら携帯電話を切る。母親の佳乃《よしの》に「お父さんが心配してるから電話しなさい」と半ば無理強いされた電話だったが、たいして心配されてもなかった。

一週間前。学校帰りに陽太は盛岡市飯岡《いいおか》で交通事故に巻きこまれた。左腕を折り、入院中だ。

自分が通う津田小学校と同地区内にある永田小学校の「コジマカオル」という女の子と横断歩道で黄色い足形を取り合って勝ち、意気揚々と道路を横断中、白い乗用車に轢かれそうになったのだった。ボケっとしていたコジマカオルを突き飛ばした拍子に腕が車体にぶつかった。

ぼくが助けてやらなかったら、あいつは死んでた。

入院という初めての体験に、小学四年生は、それなりの夢と希望を持って臨んだのだが、蓋を開けてみたらこれがめちゃくちゃつまらなかった。暇だ。人間やめたくなるほど暇なのだ。ゲームも飽きたし、日中のテレビもワイドショーやら、水戸黄門の再放送やらでちっとも面白くない。エレベーターで上から下まで何往復もするのにも飽きた。左腕を吊った状態で非常階段の手すりを滑り降りて遊んでいて、白衣の天使である看護師を鬼の形相にさせてしまった。唯一の楽しみと言われる飯はぬるくて味がない。救いは、放課後の友だちの見舞いしかないが、彼らが来るのは四時過ぎ。それまで地獄のような退屈をやり過ごさねばならない。

そんな中、昨日、女の人に付き添われたコジマカオルに廊下で出くわした。陽太は自分でランドリーを動かしたいと思っていたので、やり方を教わるために佳乃とランドリー室へ向かう途中だったのだ。

ピリピリした雰囲気のおとなから陽太は少し離れた。その時、コジマカオルに、小さな声で自分を助けたことを親に言ったかと聞かれた。陽太は粋がって、言ってないと答えた。ほんとは得意になって親だけじゃなく友だちにも触れ回ったのだが、それを明かすのはカッコ悪いと思った。そのあと、彼女はまだ何か言いたそうにしたが、結局何も言わなかった。

コジマカオルは奇妙な雰囲気の子だ。横断歩道の黄色い足形の上にのっている陽太をじっと見ていたので、踏みたいのかと尋ねたら、どっちでもいい、と答えたのだ。

面倒くさくてそう答えたのではないのは、口調や態度から推察できた。おとなは面倒くさくなると適当な返事をするが、あの子は本当にどっちでもいいようだった。「どっちでもいい」

まるで答えになっていない答えが、あの子の全てを物語っているようだった。何も考えていないような、考え尽くして一周回って、何も考えなくなったような。コジマカオルのようなタイプに出会ったことがなかった陽太は、あれからどうも落ち着かない。

鼻をすん、と鳴らす。病院のにおいは元々好きじゃなかった。神経に直接刺さるような金属的なにおいだから。

が、今はそんなもん目じゃないほどのひどいにおいが鼻を刺激する。納豆とチーズとくさやを混ぜ、駅のトイレに一週間ほど放置したようなにおいだ。ここには警報器がないのだろうか。

においの元を探って見回す。どうやら、電話中に入ってきた三人のおじさん患者のいずれかのようだ。あのひとたちが入ってくる前はこんなにおいはしなかった。

六席あるうち、入り口からふたつ目のテーブルに着いているおじさんは世間話をしている。入院患者なので、そう楽しげでもなく、かと言ってお通夜でもないので、極端に沈んだ感じでもない。

陽太は右手と口を使って炭酸水のペットボトルのキャップを開ける。コーラかスプライトかファンタが飲みたいところだが、甘いやつは飲んだらすぐに歯を磨くよう佳乃から言いつけられているので、磨くのが面倒くさい陽太は、シュワシュワ感だけでも味わおうと炭酸水を飲むようになった。

　十人足らずの患者や見舞客は、このにおいが気にならないようで、てんでに話しこんだり雑誌を眺めたりと、自分たちのことに夢中になっている。

　三人のおじさんのひとりが、こっちにやってきた。三人の中で一番痩《や》せて背が高く、肩幅が広い。白髪交じりの髪は角刈りだ。何歳なんだろう、おじいさんのような辛《かろ》うじておじさんのような年代に見える。自分より上のひとの年ははっきりしない。

　陽太の背後にずらりと並ぶ自販機のうち、カップ自販機でコーヒーを買った。その男性からは特ににおいはしてこない。とすれば残りはあのふたりのどっちかだ。

　コーヒーを買った男性はふたりの待つ席に戻り、カップに鼻を近づけて深く湯気を吸いこむ。

「ああ、いいにおい」

　陽太はたまげて、マジかよと彼を見た。声に出したわけではなかったが、男性がふと視線を上げた。陽太の視線と交わる。陽太は逸らさずに凝視する。これだけひどいにおいがしているのに「いいにおい」だと？　正気か？

「飲む？」

カップコーヒーを掲げられたので、陽太は首を振って炭酸水を口にした。異臭が強すぎて水すら嫌な味がする。

カップコーヒーのおじさんを除いたふたりのうち片方は、ゴマ塩の坊主頭で痩せており、一番年上に見える。これはもうおじいさんと言っていいだろう。残りのひとりは青白い顔がむくんでいて背が小さい。彼ら三人は点滴などの装具を身につけていない。どこが悪いのか、陽太には一見して分からなかった。

陽太は立ち上がり、出入口へ向かった。このにおいを発生させている犯人を突き止めてやりたい。なにしろ暇なのだ。

おじさんたちの席の横を通りかかった時、腹を決めて深く息を吸いこむ。一気に血の気が引いた。

「おえええええっ」

膝の力が抜けて床に手をついた。男三人が慌てて腰を浮かせる。

「お、おおお、大丈夫か？　なした」

「具合悪くなったかい？」

三人に囲まれた。納豆とチーズとくさやを混ぜ、駅のトイレに一週間ほど放置したようなにおいに全包囲。誰が発しているのやら、とてもじゃないが判別できない。意識を保つのが精いっぱい。蛍光灯の光が遮られる。その黒い影すら不気味な質量をもって、陽太にのしかかってくるように感じられた。陽太は口を真一文字に結ぶと影を払いのけるように渾身の力で立ち上がった。大丈夫ですと、言ったほうがいいのは分かったが、大丈夫じゃない。陽太は談話室を飛び出した。思い切り深呼吸する。肺の中も、体に染みついたであろうにおいも消し去りたかった。

肩越しに格子ガラスの内を見ると、植木鉢の間からおじさんたちが怪訝《けげん》な顔をして、陽太を眺めていた。ほかの患者も同じような顔を陽太に向けている。

パジャマの袖のにおい――柔軟剤――を嗅いでいると、長い髪をひっつめただけの佳乃が小走りにやってきた。携帯電話を陽太に押しつけたあと、ベッドサイドに飾ってある花の水替えをしていたのだ。

白いブラウスに紺色のフレアスカートという地味な格好。化粧っ気はゼロの母。

智雄がアメリカに赴任してから、身の回りのことを構わなくなっていった結果だ。それまではきちんと化粧をしたり、おしゃれを楽しんだり、髪をセットしたりしていたのに。

「陽太、圭人《けいと》くんと賢二《けんじ》くんが来てくれたわよ。宿題も持ってきてくれた」

「圭人たちめ余計な土産《みやげ》持ってきやがって」

陽太が悪態をつくと、佳乃は呆れたようにため息をついた。

「せっかく来てくれてるんだからそんなこと言うのはやめなさい。それに、汚い言葉を使わないの。日本語は綺麗なものなんだってお父さんがいつも言ってるでしょう」

こっちのことは放ったらかしだとか小言を言う割に、佳乃はこういう時だけ都合よく智雄を持ち出す。

「どうしたの？　袖、何かにおう？」

鼻に袖口を押しつけている息子を気遣う。陽太は格子ガラスを振り向いた。おじさんたちはゆったりと語り合っている、ように見える。

「あのおじさんたち、変なにおいがしたんだ」

佳乃の眉が寄る。「ひとさまのこと『変なにおいがする』なんて言ったらダメ」

「だってほんとのことだもん」

「ほんとだろうと嘘だろうと、そういうことは言っちゃいけないの、分かった？」

陽太は病室へさっさと足を向ける。ほんっとにもうこの子は、と佳乃のぼやきが追ってくる。

「ところで陽太、お父さん何か言ってた？」

陽太は足を止めた。

「何かって？」

「心配してたでしょう？　陽太のこととか家のこととか、お母さんのこととか。気にしてなかった？」

陽太はさあね、と首をすくめた。お母さんは、少しお父さんに依《よ》りかかりすぎなのではないだろうか。

病室に戻ると、窓際のベッドの手前に、キャップを反対に被った坊主頭の圭人と、学年一チビの陽太と背の高さを張り合っているメガネの賢二がよお、やあ、と手を上げて迎えた。陽太も右腕を上げてよお、と応えてベッドに飛びこむように座る。

キャビネットには水を替えてもらって生命力を復活させた赤い花が飾られていた。佳乃が好きなグロリオサというツル性の植物だ。パート先の花屋から、よく売れ残りをもらってくる。

佳乃はベッドを回って窓際の丸イスに腰かけた。陽太は佳乃がいると、圭人と賢二が好きなように話せないだろうと、ジュースを買ってきて欲しいと頼んだ。佳乃は「あそうね。ごめんねちょっと待っててね」と友人ふたりに愛想よく言って出ていった。

陽太はふたりへ身を乗り出す。

「さっき、すげえくっせーオヤジがいたんだ」

陽太がにおいを喩《たと》えるとふたりは爆笑した。

「お前嗅いだことあるのかよ、一週間も駅の便所に放ったらかしたブツを！」

圭人が目尻に涙を浮かべている。

「あるわけねえだろ。机の中の夏休み明けの牛乳？　あれに本気出させた感じなんだよ」

ひゃあ、マジで。おい行ってみようぜ。圭人が立ち上がりながら、陽太と賢二の肩を叩いて誘う。

また嗅ぎたいとは思わなかったが、友だちが行くなら心強い。病室から出ると、ペットボトルを三本抱えた佳乃が、廊下の先の曲がり角から現れた。談話室の自販機から買ってきたのだ。

「あら、どこ行くの」

「母さん、談話室どうだった？」

「どうって？」

「変わったことなかった？」

佳乃は首をかしげた。

「何もなかったけど？」

陽太は、友だちふたりに目配せして談話室へ向かった。

件《くだん》のおじさん三人組はまだいた。

「あれか」

圭人が、新米刑事のように格子窓から身を低くして覗く。真剣味を帯びた顔つきを作っている。圭人の後ろからさらに身を低くしている賢二。お前は元々チビなんだからそんなことしなくていいだろ、と陽太が指摘すれば、賢二は、陽太よりは大きいだろと口を尖《とが》らす。

小競り合い中も、扉の隙間からにおいは漏れていた。銀色の棒型の取っ手をつかんで普通に開けようとした陽太の後ろ襟《えり》を「何やってんのっ」と圭人がむんずとつかんで引き寄せる。陽太はバランスを崩して賢二にぶつかった。

「バカじゃないの陽太、そのまま堂々と行ってどうするんだよ」

「はあ？」

「雰囲気が出ないよ」

賢二もぶつかられた肘をなでながら呆れている。圭人が耳に噛みつく勢いで窘める。

「お前、実験知らないの、テレビでやってるじゃん、実験。ほらこうやって嗅ぐだろ」

圭人が手のひらで自らの丸い鼻に向けて風を送る。「いきなり毒ガスの中に頭突っこんだら致命傷になるだろ」

「ここは病院だからすぐに処置してくれるけどね」

賢二が賢《さか》しがると、陽太と圭人は賢二の耳を両側から引っ張った。

「じゃ、行くぞ。覚悟はいいか、後方支援頼む」

陽太が背後のふたりに声をかけて、扉に手をかけた。ふたりがいよいよ切羽詰まったような表情を作って重々しく頷く。陽太は少し芝居がかった調子で慎重に扉を引いた。

息をちょっとずつ吸いこんでいく。

げっ。やっぱり強烈だ。

陽太に続いて圭人、賢二も入る。陽太は堪《こら》えきれずに後方支援を突き飛ばして談話室を出た。新鮮な空気で胸いっぱいにし、思い切り吐き出す。何度か繰り返して肺を洗い清めた。

間もなくして友人たちが出てきた。

「な？　すげえ臭かったろ」

勢いこむ陽太に、ふたりは腑《ふ》に落ちない顔を見合わせる。

「何のにおいもしなかったよな」

「あえて言うならコーヒーのにおいぐらいかな」

「何言ってんの、お前らの鼻は壊れてんのか」

「それ言うなら陽太の鼻がまともじゃないんじゃないの」

「はあ!?」

陽太が石膏《せっこう》で固められた腕を振り上げると、ふたりはその様子がおかしかったのか、歓声を上げて逃げ出した。


二日後。

見舞いに来た圭人と賢二に、陽太は「あの臭かったおじさんが死んだぞ」と、ちょっと興奮気味に報《しら》せた。ふたりは目を丸くして、口をぽかんと開けた。

圭人がつばを飲みこみ、目を輝かせる。

「うわあ、死んだのか」

今日の昼。陽太が炭酸水を買いに談話室に入ると、入り口からふたつ目の席に、ひとり欠けた残りのおじさんふたりが肩を落として座っていた。いなかったのは、むくんで青白い顔をしていたおじさんだった。

――亡くなるなんて急だったなあ……――

――まだ大丈夫だったはずだろう？――

しんみりと話していた。

「でもなんで、その死んだおじさんが臭いって分かった？」

賢二がまだ理解していないようで首をかしげる。

「だって、座ってたふたりはもう臭くなかったもん」

陽太は、死ぬということがどういうことかよく分からなかった。テレビで毎日、死に関することは放送されている。芸能人が死んだ、若い女性が殺された、老人が死んでいるのが発見された、中学生が自殺した……。それは本当に起こったことだが、感覚的にドラマと区別はつかない。身近にあるのに、遠い。

ぼくはクルマに轢かれたけどこうして生きている。だから死ぬのなんて、ぼくには関係ない。

「なあ、また臭くなってきたんだ」

それからさらに二日ばかりがたった、四時過ぎの病室。圭人と賢二に告げた。佳乃は、花屋の仕事があって見舞いには来ていない。ふたりともジュースにありつけなかったのは残念そうだったが、おとながいないのでリラックスしていた。

「ほんとか？　確認したい」

圭人が斬りこみ隊長のように先陣を切って談話室へ向かう。

が、またしても友人ふたりの鼻では感知できなかった。

病室に戻ってくると圭人から、疑いの目を向けられた。

「お前、嘘ついてるんじゃないか？」

「嘘じゃねえよ」

「じゃあなんでにおわねえんだよ」

「お前らの鼻がバカなだけだろ」

「ああ!?」

「はいはいそこまで」

賢二が間に入った。陽太は賢二の肩をつかんだ。

「賢二もぼくが嘘ついてると思うか」

賢二はメガネの奥の目を丸くして、陽太を見る。

「ま、まさか。嘘はついてない、んでしょ？……」

目を逸らして自信なさげに呟く賢二。陽太は唇を噛んだ。

数日後。

そろそろ退院して通院治療に入ろうかという日、ふたり組のおじさんのうち、談話室にいたのは、以前、コーヒーを買った背が高くて痩せていて肩幅の広いおじさんだけだった。これは、と陽太の胸は高鳴った。真相を確かめられるチャンスだ。

「おじさん」

陽太は物怖じすることなく声をかけた。おじさんが顔を向けた。途方に暮れた顔をしている。

「やあ。……君は前にここで具合を悪くした子じゃないか。その後、体調はどうだい」

正面のイスを手のひらで勧められたが、陽太は立っていた。

「もうよくなったよ。ところで、一緒にいたおじさんは退院したの？」

おじさんの目が翳《かげ》った。

「死んだよ」

陽太はなぜか呼吸が一時停止した気がした。へえ、と声を発したつもりだったが、おじさんのため息と重なって、耳に届いた風はない。

「急に見晴らしがよくなった……次はオレの番かなあ」

おじさんが空っぽのイスを眺める。陽太は物思いに更けっていくその横顔を眺めていた。

「まあそれもいいかもな。これまで、いいことなんてひとつもなかったし。……ここに入院して、久しぶりにひとと話ができたよ。これが最後でも、オレの人生としちゃ妥当なところだろうな」

「ひとつもなかったの、いいこと。ほんとに？　そんなの嘘だよ。あったはずだよ」

おじさんはくたびれた頬を緩めることで、陽太の意見をやんわりとだが完全に否定した。

陽太は否定されてちょっとムッとした。適当にあしらわれるのは、たとえ相手がおとなだろうと面白いものではない。

「ぼく、この間テストで六十点取ったんだ」

おじさんが何の話かというように、首をかしげた。

「お母さん、成績悪いとすぐに、ぼくを塾にぶちこもうとするんだ。ひどいだろ？」

おじさんは眉をハの字にした。

「そりゃひどいね」

「でも、ぼくは『次のテストで挽回するから今回は勘弁してくれ』って頼んだんだ。勉強して、しかもご機嫌とるために家の手伝いもしてさ、茶碗洗ったりお風呂掃除したり。じゃないといつ機嫌を悪くして気が変わっちゃうかしれないだろ？」

「それはご苦労だったね」

「まったくだよ、なんでお母さんってのはあんなに面倒くさい生き物なんだ。ぼくおとなになっても女となんか絶対関わらないね」

「女のひとはいいもんだけどなあ。それに君、可愛い顔をしてるから女のひとが放っとかないだろうさ」

陽太は聞き流した。

「次のテストは八十点だったんだ。そしたらお母さんの気持ちが落ち着いたみたいで、塾の件は不問に付してもらえたんだ」

不問に付すなんて言葉よく知ってるね、とおじさんが感心したので、陽太は、だから勉強したんだってば、と返す。

「ね？　いいことあったでしょ？」

おじさんはひとのいい笑みを浮かべる。

「ああ、いいことあったね。でもそれは、君が努力して勝ち取ったんだろ」

陽太はキョトンとした。

「どういう意味？　いいことに違いがあるの？」

おじさんは瞬きをした。

「あのねおじさん、他人のいいことはどうか知らないけど、自分のいいことぐらいはつかみ取れるんだよ。そんなの当たり前でしょ」

おじさんは陽太を間の抜けた顔で見上げている。よく分かっていないようだ、と推測した陽太は、もうちょっと分かりやすく説明したほうがいい、と考えた。

「おじさん、足し算習った？　だったら、足し算と一緒に引き算も習ったでしょ、小学校一年生で」

「ああ習ったよ。一年生ではそれからのすべての基礎を学ぶんだもんな」

「ぼくが塾に通わせられそうになったのは引き算で、塾に通わないように努力したのは足し算」

「世間は逆なんじゃないかな」

「そりゃ世間はそうかもしれないけど、ぼくは『世間』じゃないからね。だからぼくにとってのいいことは塾に通わないで好きなことすること」

おじさんは口の両側にしわを刻んで、乾いた笑い声を上げた。

「ああ、そうだ。本当だ。そういうことだ」

目尻にしわが集まる。

「オレのいいことって何かな」

「ぼくに聞かないでよ。テストの点数がよかったとか塾通いを免れたとかならぼくのいいことだけど、おじさんのいいことってのはそういうんじゃないでしょ」

おじさんは頷く。

「オレのいいこと……そうだなあ」

陽太は鼻をすん、と鳴らした。

死んだふたりとおじさんの違いは、におい。前のふたりは強烈ににおった。このおじさんはにおわない。

「おじさん、ぼくはお医者じゃないからはっきりしたことは分からないけど、おじさんは死なないと思うよ。もちろん、今すぐにはってことだけど」

おじさんの顔にかすかに明るい兆しが見えた。

「そうかい？」

「うん。退院したらさ、まずは、ここじゃあ出てこない、味のある料理を食べればいいよ、ほらそれがひとつ目のいいこと」

おじさんは笑った。


「マジか」と圭人がそっくり返った。

「それってこういうことだろ？　においがしたやつは死ぬんだ。しかも結構近いうちに。それを陽太だけが嗅いでるんだ」

「陽太が嗅ぎ取ってるのは死ぬひとのにおいってこと？」

賢二が心細そうな顔で、メガネを押し上げる。

圭人はイスをガタガタ鳴らす。

「すっげえ、陽太」

「やっぱそうだろ、ぼくってすげえべ！　超能力身につけちゃったじゃん！」

「怖くないの？」

「何が」

声を揃えて咎《とが》めたふたりに、賢二は首をすくめる。

「だって、ひとが死ぬのが分かるなんて気持ち悪くない？」

「気持ち悪いことあるかっ面白ぇじゃねえか」

圭人が賢二を肘《ひじ》で突く。

陽太は佳乃にも、においのことを打ち明けた。佳乃は顔をしかめて「前も注意したでしょ、ひと様をくさいなんて侮辱したらダメって。それに、死ぬひとが分かるとか、冗談でも不謹慎なこと言わないの」と注意した。

「だってほんとなんだもん」

陽太は認めてもらえなくて不満だった。自分は、絶対死期のせまったにおいを嗅いだのに。

毎日死のにおいに触れる中で、陽太はその強さから死期がいつ頃訪れるのかをつかみ始めた。においを放っている者の死を確認するのは、暇を持て余している陽太にとって造作もないことで、目星をつけた患者を張っていさえすればよかった。あるいは、同室の患者に尋ねてもよかった。そのうちに、このレベルの強さなら今日中だな、午前中かもしれない、などと推断できるようになり、それは確実に当たるようになっていく。

母親になんと言われようと、自分は特別な人間になったということなのだ。

これからの毎日が退屈とは無縁になるという期待に、胸を高鳴らせ、その自らの力強い鼓動を感じながら、陽太は鼻の穴をもりっと開いたのだった。


退院してすぐのことだった。

下校途中の陽太がお隣の下北《しもきた》さんちの前を通りかかると、陽太にはおなじみになったあのにおいが強く漂ってきた。

思わず顔を向けたら、そこに下北の親父がいた。緑色のフェンスの向こうで、通りに背を向けて庭の手入れをしていた。懐かしい光景だ。

数年前まではこの親父は、休日はもちろん、平日の仕事前にも庭の手入れにいそしんでいたのだ。猫避けのペットボトルを並べ、鳩避けのCDをもっさりぶら下げて、いつもナメクジ退治のための割り箸と殺虫剤を手に、庭を右往左往していた。奥さんがご飯よーとか、もうそろそろ仕事に行く時間よー、などと呼ぶ声が聞こえていた。

下北の親父が庭に立たなくなったのは、奥さんが亡くなった去年の夏からだ。

庭は荒れた。佳乃は、隣で発生した虫がこっちに飛んでくると不満を募らせていた。野良猫が住み着き、その時期になると昼夜を問わず、赤ん坊のような声で大音声《だいおんじょう》をかます。緑色のフェンスを越えてツル性の植物が斉藤家の庭にまで伸びてきていた。庭木は高くなり、周囲の家へ届くはずの日差しを遮った。

勝手に殺虫剤を撒《ま》いたり、猫除けの対策を講じたり、枝を伐《か》ったりすれば、ご近所問題に発展してしまうだろうことを恐れて、佳乃はもちろん、下北家の周りの住人は、嫌な顔をしつつもじっと耐え、当たらず触らずで暮らしていた。

近頃はめったに姿を見なくなっていたその親父が、今、高枝切りばさみをもってしてザックザック伐っているのである。

前に見た時よりずいぶん痩せた。横から見たら厚みは半分だ。重油でもかぶったように髪が頭にべったりと張りつき、顔は脂じみててらてら光っている。そして、まとっているのは死んでいった患者たちと同じにおい。

病気なのだろうか。こんなに逞《たくま》しく高枝切りばさみを操っているのに。

目が合ったので、陽太は会釈をした。親父は目を逸らし、伐ることを再開する。はさみの使い方はまるっきりでたらめ。目はうつろ。我が身のように大事にしていた庭を放置して荒れさせ、今度は闇雲にはさみを振り回す。

陽太はその奇妙さに、わずかばかり不安になった。

以前、回覧板を届けに行った佳乃が、困惑した様子で戻ってきたことがあったのを思い出したから。

下北家の玄関ドアの前に、段ボール紙を手で引きちぎったような切れっぱしが立てかけられていたのだが、そこに「回覧板は次に回してください」と朱墨《しゅずみ》で書かれていたという。

あれはどういう意味なのかしら、あたしが何か気に障ることしたのかしら、あの通告通りに下北さんを外して次のお宅に回していいのかしら、と悩んだ佳乃は、アメリカにいる智雄に電話して、指示を仰いだ。

「そんなこと、心配することないよ」

智雄はひと言、軽やかにそう片づけたそうだ。

電話を切ったあと、「そんなことで電話してくるなって、言いたいのよ」と唇を噛んだ佳乃をよそに、陽太は内心、そりゃそうだろ、と思った。

元から心配性で神経質なところはあったが、智雄が渡米したらいよいよもってその質《たち》が強まってしまった。

帰宅した陽太は早速、佳乃に「隣のおじさん、そろそろヤバいかも」と教えた。

今度はうんざりした顔をされなかった。

「ヤバいってどういうこと？」

詳しく聞こうと身を乗り出した。その反応は、予想していたものではなかったので、陽太は少なからず戸惑う。

「においがするんだ。あのおじさん、どっか悪いの？」

佳乃は悪いと言えば悪いと思うわ、と顔をくもらせた。
二、三日後だった。学校から帰ってきて、家の玄関を開けた途端、佳乃がキッチンから飛び出てきた。
「陽太の言ってたこと、本当だったわ」

佳乃は珍しく興奮している。何があったのか問うと、下北さんが自殺したのよ、と声を上ずらせた。警察が、斉藤家にも話を聞きにきたという。

「自殺!?　病気じゃなくて!?」

おじさんは橋の欄干《らんかん》で首を括《くく》ったらしい。朝靄《あさもや》の中、犬の散歩をしていた男性が発見したという。犬が橋の下に向かって吠えるので確認したら、ひとがぶら下がって川風に揺れていたそうだ。

陽太は血が逆流する感覚に鳥肌が立った。

「ほらほらほらっ！　ぼくの言ったとおりだ」

胸を反らせる。佳乃は、不謹慎だと非難しなかった。

「でも、陽太が当てられるのは、病気のひとじゃないの？」

「そうだよ。今まではね。でも下北のおじさんは自殺だった。それも当てられるようになったってこと。すっげえ、ぼくステージ上がってきてっし」

陽太はランドセルを放り投げると、さっそくこの「吉報」を主人と賢二に披露するべく家を出た。

隣の家の前を通る時、チラッと視線を走らせた。ジャングルみたいな庭。フェンス越しに見た、黙々と高枝切りばさみを動かす丸められた背中。

奥さんが死んでから、親父がああなるまであっという間だった気がする。

元から近所のひとともあまり交わろうとしない彼は、奥さんの死をきっかけにその頑《かたく》なさをますます強めていった。誰かとひと言でも口を利いては大きなはさみでひどく傷つけられると信じているみたいに。

二階建ての家屋は、いつも以上に静まり返っている。まるで、家自体が喪《も》に服しているかのようだ。鬱蒼とした木々や下草に覆われた庭は、でたらめに刈られたせいで散々な有様で打ち捨てられている。あんなに大事にしていたのに、最後に親父自らの手によってここまで惨めに荒らされてしまった。

広い空は赤紫、オレンジ、ピンク、水色とグラデーションがかかっていた。その色で地上の全てを染めていた。

カラフルな空を、太ったカラスが渡ってきて屋根に降り立つ。ギラギラした目で、偉そうに見下ろされた。

あの日、一瞬だけ合った親父の目がよぎった。

あの目は、なんだったんだろう。一度もしゃべったことはなかったけど、ぼくに何かを伝えたかったのだろうか。胸の奥がジクリと痛んだ。陽太は深呼吸する。もうあのにおいはない。

カラスが体を膨らませると、一声高らかに鳴いた。

陽太はなんだか悔しくなって、奥歯を鳴らした。

バカじゃねえの、死んじまったら何も言えねえじゃねえか。

陽太は地面を蹴ると、背中にカラスの視線を感じながら駆け出した。

下北の親父が死んでから十日ほどすると、隣近所のひとが、自分の家にかかる枝やツルを伐り始めた。佳乃も例外ではない。物置から高枝切りばさみを引っ張り出してあっという間に伐った。その後ろ姿は下北の親父とは逆で、生命力にあふれていた。

落とされた枝やツルの上に立つ佳乃は、通り抜けていく風にひっつめ髪の尾を揺らして実に爽快な顔をした。

それを見た陽太は、胸の芯が冷たくなるのを感じた。あいつに会わなきゃ、と思った。入院中に、あいつはぼくに何かを言いたそうにしていた。ひょっとして、死のにおいを嗅げるようになったことを伝えたかったんじゃないだろうか。同じように撥《は》ねられたあいつにも、もしかしたらぼくと同じことが起こっていても不思議じゃない。


佳乃が花屋のパートに行ってしまうと、陽太は、コジマカオルの名前と学年を聞いた時に一緒に聞いていた住所を訪ねてみることにした。

小学校が同じ地区だったので、土地勘には自信があったし、万が一、分からなくなったら誰かに聞けばよかった。

アパートにたどり着いた陽太は、口をぽかんと開けて見上げた。

二階建てのそこはボロかった。外壁を太いひびが走り、そこから黒いシミが、アパートを食い尽くそうとするかのように広がっている。錆びた階段を上る。頭上を覆っているポリカ波板の穴から、細切れの日差しがこぼれてくる。

外廊下を一番奥の部屋まで進み、ベニヤ板のドアの前に立った。

かまぼこ板みたいな木切れにマジックで「2―1」と書かれたものが打ちつけられているが、表札はない。ベニヤ板は下のほうが腐って、板がはがれていた。

インターホンを探したが、見当たらない。

ノックしてみた。返事はない。覗き穴までは背が足りなくて届かない。またノックした。

「おーい、こーじまあ、いるかー」

ひと目を気にすることなく大声で呼んでいると、隣のドアが開いた。ランニングシャツにバミューダパンツ姿の、薄い頭髪に寝癖をつけたおじさんが、しかめた顔を出した。手にうちわを握っている。

「君、何」

「何って、何」

陽太は顎を上げて、ちょっと背伸びをした。おじさんは、陽太が向き合っているドアに邪魔くさそうな視線を送ると、うちわでドアを指した。

「そこ、引っ越したよ、うん」

「え」

陽太の踵《かかと》が落ちる。おじさんが部屋に引っこもうとした。

「コジマカオル、どこ行ったの」

閉まりかけていたドアが止まる。

「夫婦が挨拶しに来て、親じゃないみたいだったけど。それで連れてった、うん」

「親じゃない？　どこに連れてったんだよ」

「あのね、君。おとなに対してそういう口の利き方はよくないよ、うん」

おじさんはバタバタとヒステリックにうちわで自身に風を送る。残り少ない頭髪は額にべったり貼りついていてそよとも動かない。

「どこに連れてったんですか」

「知らない」

バタンとドアが閉まった。陽太は駆けていってドアを蹴っ飛ばした。ドアが開いて「こらあ！」と怒鳴られた時にはもう陽太は階段を駆け下りていた。

一階の端からドアをノックして住人を訪ねた。一軒だけ在宅で、そこのおばあさんは、陽太が尋ねることのほとんどが聞こえないようだった。

「なんだってえ？」

耳に手をあてがって聞き返す。

「だから、コジマカオルはどこ行ったんですかって聞いてるんですっ」

「あいー？」

「こ、じ、まああかーおーるーはあ、どぉこにー」

上のドアが開いた音がした。

「やかましい！」

さっきのおじさんだった。

夏休みが終わり、通学路の田んぼの畔《あぜ》にヒガンバナが咲く頃には、陽太は、死のにおいについて自分なりの解釈を持つようになっていた。

今のところだが、決まった死しかにおわないということだ。

例えば、医者にかかって治る状態の時にはにおわない。死から逃れられない時、自ら死に向かっている時など、内側から死を発している人間からにおいがする。まだ、事故や事件など外側からもたらされる死に関して嗅いだことはないため、その辺は不明だ。これから事故に遭うひとと、事件に遭うひとにタイミングよく遭遇したこともない。よって、陽太が自分の能力を把握しているのは、内からの「死」のみだ。

圭人と賢二は初めの頃こそ面白がって「あのひと死にそう？」と、学校の行き帰りにすれ違うひとの死を当てさせようとしたが、今では飽きたらしく、ゲームの『三國無双《さんごくむそう》』や『マリオカート』について意見交換をすることが増えた。陽太があのひと今すげえにおった、と指摘しても、あそうなの？　とあっさりスルーされ話題を変えられる。

特別が日常になると、特別じゃなくなることを知った。

朝晩の気温が下がり、紅葉が鮮やかさを増す頃には、陽太は死のにおいについて口に出さなくなった。

考えてみれば、死は辛気臭いものだ。始終聞かされても気が滅入ってくるだろう。これが逆の、誕生おめでとうのにおいなら、明るく華やかだろうに。

しょうもねえ能力だ。どうせ身につく超能力なら他にもいっぱいいいものはあるだろうに、よりにもよって、死のにおいって。将来は葬儀屋ぐらいしか使える場所はない。

それなのに、世の中うまくいかないものである。

十月中旬、霜が降りた休日の朝だった。

部屋のベッドに腹ばいになってマンガ雑誌を読んでいた陽太は、ノックの音にふあーいと返事をして、マンガのページをめくった。

佳乃がドアから顔を覗かせている。

「陽太、ちょっといい？」

「何」

踵で尻を交互に叩きながらページを繰る。

「今も、分かるの？」

「何が」

陽太は身を起こして振り返った。佳乃は視線を落として、胸の前で手をきつく握り合わせる。仕事に行く時しかつけない口紅を塗ったその口が動いた。

「死ぬ時期」

陽太の能力をあまり好ましく捉《とら》えていなかった佳乃である。陽太は佳乃を凝視した。

雑誌を閉じる。

「分かるよ。誰を見ればいいの」


佳乃は陽太を、歩いて十分の花屋へ連れて行った。佳乃がパートをしている店だ。

赤レンガ造りの店にはシャッターが下りていて、「臨時休業」の木札が下がっている。佳乃は店の前を横切っていく。陽太も続いた。店の横のじめじめした通路を、プロパンガスや電気のメーターを避けて裏へ回る。

玄関があった。ドアの横の石の表札に「鈴木《すずき》」と刻まれている。見上げれば二階建て。店舗の部分だけが一階建てになっているらしい。

佳乃がインターホンを押して、スピーカーに向かって「加代《かよ》さん、佳乃」と名乗った。

『いらっしゃい、今行く』と落ち着いた掠《かす》れ声が返ってきた。

すぐにドアが開いた。放出された中の空気には、その家のにおいに混じって、すっかり嗅ぎ慣れたにおいが含まれていた。

ここに来るまでに佳乃から聞いていた。

鈴木加代さんは十五年前に旦那さんと死別し、その三か月後にホームセンターの里親探し会で、柴とポメラニアンのミックス犬に出会ったという。ほかの子犬はすぐに飼い主が決まったが、その犬はほかに比べて活発でなかったために残っていたのだそうだ。鈴木さんはおとなしいほうが世話がしやすいと思い、迷わずもらい受けた。名前を「ふく」としたのは、残り物には福があるというところからきている。

出迎えた鈴木さんは佳乃より背が低く、固太りの体つきをしていた。超ショートカットで腕が太い。黒のポロシャツとデニムを身につけている。小熊みたいだ。

玄関の壁にはドライフラワーのブーケが吊り下げられ、下駄箱にも花が生けられている。吹き抜けのホールは、高い窓から日が入って明るいはずなのだが、充満する死のにおいが、明るさを打ち消しているように陽太には感じられた。

陽太が鼻をすんと鳴らしたら、鈴木さんがちらっと視線を走らせた。

通されたフローリングの部屋は、花の鉢で埋まっていた。真ん中にペットソファーがあり、そこに例の老犬が横たわっている。

「ふくは花、好きそうですね」

陽太がお世辞を言うと、鈴木さんは表情を和らげた。

「そう。店に出て、花のにおいをひとつひとつ確かめる子なんだ。店が大好きでね」

ふくは入ってきた小学生をうつろな目で見上げた。その背後に立つ従業員のひっつめ髪の女性へ目を移し、陽太に目をゆるゆると戻した。どうやら、この年寄犬は、今日のポイントはこの少年だと読んだらしい。

陽太はかすかに上下する腹部に目を滑らせる。腹がべっこりと引っこめば、逆にアバラ骨が浮き上がった。四本の足はこれ以上ないぐらい痩せて毛も抜け落ちていた。犬も老いればこうなるのか、と陽太は興味深く見つめた。思い返してみれば、こんなに年を取った犬を見たことはない。

不思議なことに、死のにおいはみんな同じだった。老人も若者も女も男もひとも動物も、みんな、同じだった。

鈴木さんが、消えそうな蝋燭《ろうそく》を口の前に掲げられているかのごとく、そっと聞いた。

「陽太くん、分かる?」

陽太は頷くと、ゆっくりと顔を上げ、鈴木さんを見た。鈴木さんは陽太の腕を取って隣のキッチンへ連れて行った。

「こっちに引っ張ってきちゃってごめんね。ふくには聞かせたくないから……」

陽太は頷いて口を開いた。

「二か月後だと思います」

鈴木さんは物足りないような顔をした。

「ありがとう、でももうちょっと絞れない？」

陽太は鈴木さんを見つめた。鈴木さんは陽太の目を覗きこんで、眉間に不安定な緊張感を集めると、考え考え話した。

「ふくの死を待ちわびてるわけじゃないんだ。ただ、あたしの旦那が急だったのよ。いきなり大事なものを失うのは……」

鈴木さんは身震いした。「すごく怖いわけ。覚悟をしときたいの。臆病だと思う？」

目を赤くして声を震わせた鈴木さんに、陽太は首を振った。

陽太は目を閉じて眉を寄せ、鼻梁《びりょう》の根元に神経を集中させる。今まで嗅いできたにおいのデータと照らし合わせる。

「……二か月後の、十二月……」

初旬？　いやそれだと早い。中旬だろうか。十五日とか？　それならもう少しにおいがきつくてもいいはずだ。かさかさと音がする。目を開けて音のするほうへ視線をずらすと、鈴木さんが落ち着きなく手をこすり合わせているのだった。ボソボソと荒れていて、関節が太い。その関節のひとつひとつが割れて赤い肉が見えていた。佳乃の手も乾燥してささくれ立ってはいるが、肉までは見えていない。

陽太はじっと見つめる。母の手とは違う、社長になったひとの手だ。強《こわ》くて、迫力があった。

においに集中する。本当は臭くてやってられないところだが、鈴木さんの手と、切羽詰まった真剣な目を見たら、役に立ちたくなった。

自分の憶測や希望を排除する。におうままに数値化する。

目を開けた陽太を、鈴木さんが食い入るように見つめていた。

「……二十二日だと思います。十二月二十二日のお昼頃」

鈴木さんは深いため息をついた。

「悪かったね、辛い役目を押しつけちゃって」

陽太を慮る。

「いえ。……それ、痛そうですね」

手のあかぎれを指摘すると、鈴木さんは今気づいたみたいに「ああ」と眉を上げてまじまじと見た。

「痛いには痛いけど、でもへっちゃら。ふくがいつも労ってくれるから」

そのふくがいなくなったらどうするんだろう。

フローリングの部屋を覗いた陽太を、ふくはまた見つめた。表を大型車が通るたびに、家は細かく揺れる。長年ここで生きてきたふくはなんとも思わないらしい。クルマの往来が途切れると、厳かな静けさが下りる。

花で満たされたそこは、大きな棺桶のようだった。

母親の姿を探して陽太が廊下を玄関のほうへ進むと、玄関横の和室から話し声が聞こえてきた。入り口からそっと覗く。

鈴木さんと母が窓の前で立ったまま話をしていた。窓の横にキャビネットがあり、その上に黒々とした仏壇が据えられている。冬にもかかわらず、色とりどりの花が供えられていたが、陽太には何という名前なのか分からない。

鈴木さんが佳乃に白い封筒を差し出した。

「今日はどうもありがとう」

「もらえないわ」

「いいの、気持ちだから受け取ってよ。それにしてもすごい。日づけまで読むことができるんだから」

「まだ当たるかどうか分からないわ」

「当たる気がする。十二月二十二日のお昼までふくは生きてる。そう信じることができる。希望が持てた。不安がって接するより腹を決めて、一日一日を大事にふくと生きるほうが、ふくにとってもいいはずだから」

陽太はその横顔を見つめた。

ありがとう、と鈴木さんは礼を言った。あなたのお子さん大したものだわ。

佳乃は頬をほんのり色づかせ、当惑したような微笑みを返す。

入り口に佇む陽太に気がつくと、母はさっと封筒を隠した。

帰り道にあるレストランに、母は陽太を連れて行き「なんでも好きなものを食べていいのよ」と勧めた。いつもはやれ、サラダを食べろ、魚を摂れと小うるさくて陽太に選ばせてくれたことはなかったのに。

陽太は勇んで盛岡短角牛のステーキと、リンゴのサイダーを頼んだ。

佳乃はアップルパイと紅茶を頼んだが、アップルパイはひと口だけ食べて、あとは陽太にくれた。

舌鼓《したつづみ》を打っている陽太をよそに、母はぼんやりと宙に目を向けている。

店内は、ピアノ曲と、節度ある客の話し声と、丁寧に作られた料理のにおいで満たされていた。

鈴木さんちは、死と花のにおいがこもった、音がない家だった。

支払いは、白い封筒からではなく、母の財布からだった。


師走に差しかかった頃、隣の下北家が解体された。佳乃が井戸端会議の末席にて聞きかじった情報によると、子どもがいない下北夫婦の家を解体することに決めたのは、遠くの街で暮らす親戚たちらしい。

解体されたあと、斉藤家の隣は、ひんやりとしたコンクリート塀で三方を囲まれた長方形の駐車場になった。

斉藤家にも、下北家の周りの家々にも燦々《さんさん》と日が注ぐようになった。

初雪が降った。雪は未明まで降り続き、一夜にして町は白一色となった。

あちこちで雪をかくスコップの音は、去年までより大きく聞こえる。

十二月二十二日。終業式を終え、手榴弾のような通知表をランドセルの奥深くに埋葬して「まあこれはこれとして今日から何して遊ぼうか」と待ちに待った冬休みの計画に花を咲かせる陽太と圭人。そのあとを、未練たらしく通知表をためつすがめつしながら足を引きずってついていく賢二。

賢二が来るのを待ってふたりは、

「賢二、一回ガツンと叱られて終わりなんだから、それを今からずーっと考え続けるのは時間の無駄」「バカげている」「同じ考えるなら楽しいことを考えるべきだ」と慰め、励まし、このあと圭人の家でゲームをすることに決め、それぞれの自宅に引き上げた。

玄関ドアを開けると、佳乃がリビングから出てきた。目のまわりを赤くしている。悲しいことがあったか、もしくは怒っているかのどちらかだ。

陽太はランドセルの底に押しこんだ通知表を気にして、一生懸命勉強して三学期は挽回するからどうか塾だけはご勘弁を、という文言を口先まで上らせた。

「ふくが、亡くなったわ」

「三学期は一生懸命勉強して……え？」

「加代さんのふくが、お昼過ぎに死んだの」

佳乃の声は掠れて震えていた。

陽太は、今日がふくの死亡予定日だったのをすっかり忘れていた。

鈴木さんは店を臨時休業にして、ふくの亡骸《なきがら》に寄り添っているのだという。ぴたりとその時を言い当てた陽太に、感謝を伝えていたそうだ。

「今から一緒に加代さんのところに行きましょう」

「え」

面倒くさい、というのが正直なところだ。それより主人たちとゲームをしなくちゃ。

「ダメよ。ゲームなんかより命のほうが大事です。一緒に行くのよ」

母はいつになく決然としている。

陽太は口を尖らせながら渋々ついていった。割に合わないなと思った。せっかく死ぬ日を当てたのに、ご褒美がゲームの時間を奪われることなんて。足し算と引き算の法則からすると、これはまったくもって理屈に合わない事態だ。どこで間違っちゃったんだろ。

シャッターで固く閉ざされた花屋の前を通って裏へ回った。

出迎えた鈴木加代オーナーは、目の周りを赤くただれさせてはいたが、涙は拭い去られており、案外落ち着いていた。

家にはもう死のにおいは一切なく、清々しい花の香りがほんのりと漂うばかりだ。

通されたフローリングの部屋に、段ボール箱があった。中を覗くと花畑だ。ふくが目を閉じて花に埋もれている。

ふくに触れてみた。毛はひんやりしている。毛の下に、骨とは異なる硬さを感じた。頭をそっと押すと、体全体が動く。

「陽太くんが教えてくれた今日を目途に、花を発注してたんだ。一番いい状態の花で送ることができる、ありがとう」

鈴木さんが微笑んだ。泣き顔が尾を引いている笑みだった。

陽太は佳乃に倣《なら》って手を合わせる。一回しか会ったことのない犬なので、特にどうとも感じない。

帰り道、佳乃の気分は高揚しているようだった。胸元に拳を作り、凄い凄いを連発して、陽太はお母さんの自慢よ、と称えた。ご機嫌な今のうちに通知表のことを明かしてしまえと考え、陽太が申し出ると、佳乃は一瞬で真顔になり、「その件については家に帰ってから話し合いましょう。お父さんにも聞いてもらわなきゃ」と宣告したので、陽太は神も仏もないと打ちひしがれた。

通知表を前に、智雄にわざわざ国際電話をかけた佳乃は、先に成績について長いこと嘆き悲しんでいたが、それが一段落すると、顔を輝かせて陽太の能力について滔々《とうとう》と語り始めた。息継ぎをしている気配もない。おそらく智雄は相槌すら打てないでいることだろう。いや、智雄のことだ、ひょっとすると、相槌を打たなくてもすむと、かえって楽な気分でいるかもしれない。

たっぷり一時間は息子自慢をして電話を切った佳乃は、笑顔のまま振り向き、

「お父さん、お正月は帰ってこないそうよ」

と告げた。

「ふうん」

佳乃が平気な顔をしていることが意外だった。落ちこんだり憤ったりイライラするかと思っていたのに。陽太の顔を見た佳乃は早とちりして、

「あ、お父さんと話したかったわね。また電話しようか？」

と、聞いた。「いいよ別に。特に話すこともないし」

陽太は通知表をランドセルに戻して腰を上げる。ほんとに愛想がない子ねえ、と母はぼやくが、それすら軽やかだった。


冬休みに入った。

コンビニで肉まんを調達した陽太、圭人、賢二が陽太の家を目指して住宅街を歩いている時だった。

道端で四人のおばさんたちが立ち話をしていた。手に大根の葉っぱが飛び出たエコバッグを提げているひと、回覧板を脇にはさんでいるひと、ツルハシ——凍った雪を砕くためのものだ——に肘をのっけているひと。その中に、デパートの紙袋を提げた佳乃もいた。

「陽太くん陽太くん」

最もふくよかなツルハシのおばさんに手招きされた。

防寒のためのほうっかむりをしたこのおばさんは、たいがい井戸端会議の中心にいるひとである。

少年三人は顔を見合わせた。何か咎められるようなことをしでかしてしまっただろうかと、一瞬にして探り合う。

陽太は愛想笑いをこしらえて近づく。愛想笑いをしたほうが、無駄に叱られないというのを、とっくに学んでいた。

「こんにちは、なんすか」

佳乃は「遊んでばっかりいて困った子なの」と遠慮がちに苦笑いをしている。以前は井戸端会議の端っこにいたのに、今は輪の中にしっかりと食いこんでいた。

「あなた、死ぬ時期が分かるって本当?」

ツルハシのおばさんの白い鼻息が陽太の顔にかかる。のど飴のにおいがした。

陽太は母を一瞥《いちべつ》する。佳乃が目で頷いた。圭人たちが遠目に眺めている。彼らはいまや完全に死期については興味を喪失していた。

陽太はツルハシのおばさんに向き直って、一応、と答える。

陽太はおばさん三人に囲まれた。

「すごいわね、いつから分かるようになったの？」

「おばさんちのインコを見てほしいのよ。最近元気なくて、もしかしたらそろそろ寿命かもしれないの」

「ねえ今からうちにいらっしゃいよ、ケーキあるよ」

ケーキより、仲間と肉まんを食いたい。

手持無沙汰にコンビニの袋を揺らす圭人。メガネを押し上げる賢二。冷めていく肉まん。

ちらちらと仲間を見て気もそぞろな陽太と、圭人たちの線上に佳乃が割りこんだ。肩に手を置かれたので、陽太は逃げられない。

「お母さん、ぼく圭人と賢二と約束してるんだけど」

「どうせ遊びの約束でしょ、そんなの明日でもいいじゃない」

「明日になったら肉まんがガッチガチになっちまうだろ」

おばさんたちが笑った。

「可愛いわねえ、肉まんが大事なんて」

「まだまだ子どもで」

佳乃が余所《よそ》行きの声で応ずる。

「おーい、陽太ぁ、オレら今日は帰るわー」

ついに圭人が見切った。

「また明日ぁ」

賢二も手を振った。ふたりが白い道を遠ざかっていく。

「マジかよ、ぼくを見捨てる気か！」

肩をがっしりつかまれたまま陽太は叫んだ。圭人が振りかえった。

「悪いな、ぼくはお前より肉まんが大事だ」

清々しいほどきっぱり宣言し、賢二も、

「肉まんの醍醐味《だいごみ》はあったかさでしょ」

と、温かさを説く割には冷たいことを簡単に言い放った。

退路を断たれた陽太は、佳乃と共にインコのお宅に行かざるを得なかった。

それ以降、徐々に頼まれることが増え始めた。

中には寝たきり老人の死期をこっそり尋ねるひともあった。その老人からは加齢臭とアンモニア臭しかしなかったので、まだまだ生きますと答えたら露骨に迷惑そうな顔をされた。

ぼくのせいじゃねえだろ、と陽太もムッとした。

佳乃は毎回、帰り際に封筒を差し出されて、受け取る受け取らないで押し問答になるのだが、いつしかごく自然に受け取るようになっていった。

五年生になると、クラス替えがあり、圭人とはクラスが分かれ、賢二は滝沢村《たきざわむら》へ引っ越していった。クラスが違えばあまり絡むこともないし、まして学校が違えば、ほぼ連絡は取らなくなる。

佳乃はビジネス手帳を手に、学校が休みの日と、花屋のパートが入っていない日に、死期見立ての予定を組みこみ、ますます陽太を連れ出すようになった。

活動の幅はどんどん広がり、仙北町《せんぼくちょう》や盛岡駅周辺にまで出張ることが増え始める。遠いところへは、タクシーを飛ばした。

佳乃はメイクをし、洋服を新調し、踵が高くてつま先が尖った靴をはいた。栗色に髪を染め、ひっつめを下ろして緩いウェーブをかけた。

陽太が小さかった頃、智雄が日本にいた頃に若返ったように見える。

陽太は陽太で、美容院へ連れていかれ髪をいじられ、糊《のり》のきいたワイシャツに、細身のカーディガン、折り目の鋭いブラックパンツ、ダッフルコートを着せられた。

鏡に映った自分は、七五三みたいだった。

まったく、いい迷惑だ。

見立てをする家から家へ向かうタクシーの中で、陽太はふてくされた。シートに寝そべるほどずり下がる。

「ぼく、もういやだ」

「どうしたの」

佳乃が、新調した革のシステム手帳に万年筆で書きこみながら、上の空で適当に問う。

「だって……」

押し黙る。うまく説明できないけど、とにかくもうたくさんだ。息苦しさに襟のボタンを乱暴に外すと、ボタンが取れて運転席の下へ消えた。

「あら、取れちゃったじゃない。次のお宅へ行く前に新しいシャツを買わなきゃ。この辺に『ブルークロス』取り扱ってるお店ってあったかしら……」

陽太は窓に向かってため息をついた。田植えの終わった水田が広がり、風が遠くから稲をそよがせてくる。

永井小の横を通り過ぎた。陽太は身を起こして、小学校を見つめた。休日なので児童の姿はない。

コジマカオルは「小島薫」と書くらしい。「薫」の字は難しいが、覚えてしまった。「風薫る」は初夏、風が若葉の上を渡って爽やかに吹くことだという。初夏とは五月のことだそうだ。事故に遭ったのも五月だった。一年がたったんだ。……あいつ、どこに行っちゃったんだろう。

陽太は「お客様」から「先生」と呼ばれ、佳乃は「奥様」と呼ばれるようになった。訪問先では丁寧なもてなしを受けたし、斉藤家へペットを連れてきた「お客様」は身を丸めて、まるで神社の本殿にでも上がるようにしゃっちょこばりながら玄関をまたぐのだった。陽太が示したその時を迎えた「お客様」たちは、報告と思い出話と感謝がてらに、わざわざ足を運んできて、素晴らしいお子さんをお持ちだと称えた。

佳乃は苦手なパソコン操作を勉強して、料金体系を作った。料金は斉藤家にペットを連れてきた場合と、こちらから出向く場合。代金は前金。万が一にも見立てが外れた場合は、出張費を差し引いた全額を返すというふうに。エクセルで管理し、ワードで広告を作った。

以前は憂《うれ》い顔が地顔の佳乃だったが、今では微笑みが地顔になった。他人の出入りが増えたことで、家を整えることにも楽しみを見出し、大きな炎の花を咲かせることに成功したグロリオサを飾った。

どんどん活発になっていく一方、智雄に電話する回数はめっきり減っていった。陽太も親にべたべたするタイプではなかったので、自ら連絡を取ることもなかったし、また、智雄からの電話も特になかった。

夏頃、智雄が一時帰国することになった。昼過ぎ、タクシーが家の前で止まった音がして智雄が帰ってきたのは分かったが、なかなか入ってこなかったのでどうしたのかと、陽太は、佳乃のサンダルをつっかけて外に出た。

門からのアプローチの途中に智雄が突っ立って庭を眺めている。

プランターでは、佳乃の好きなグロリオサが花を咲かせていた。

触手のようなツルを四方八方に伸ばして、常に拠り所を探しているその花は今、支柱につかまって出窓の下まで伸びていた。そよ風に揺れて、そろそろもう一段上の出窓の枠に絡まろうと企てているように見える。

智雄の横顔におかえり、と声をかけると、智雄ははっとしたように陽太を振り返り、「おおっ！　ただいま」と両手を広げた。胸に飛びこんできてくれるのを待っているのは分かったが、小五の陽太はデニムのポケットに手を入れたまま動かない。当てが外れたことにいちいち落胆などしない智雄は、堂々たる笑顔を崩すことなく両手を広げたまま大股でやって来て陽太を抱きしめた。まだ陽太は父の胸までしか背丈が届かない。熊に絞め殺される時ってこんな気持ちなのかなと危機感を味わった。

玄関に出迎えた佳乃を目の当たりにした智雄の反応も、グロリオサを見た時と同じようなものだった。ひっつめていた髪はウェーブがかかって下ろされ、ファンデーションやらアイラインやらを施し、真っ赤な口紅を引いているのだから。

「ただいま。とても素敵になったね」

同じように両手を広げたが、佳乃は自分の左腕を右手でつかんで立っているだけだった。陽太は智雄の腕の下をくぐって家に上がった。

陽太がリビングのソファーに落ち着くと、次いで佳乃の肩を抱いた智雄が入ってきた。

「あの窓の下の逆さユリ、驚いたよ。あれは君の手を煩わせていた花じゃなかったかな。見事に咲かせたね。すばらしい」

智雄が褒めると、陽太の件で褒められ慣れしていた佳乃は、静かな笑みを浮かべ、ちょっと肩をすくめただけだ。

陽太は、窓辺から覗くツルに視線を向ける。

「逆さユリじゃなくて、グロリオサよ」

佳乃は智雄のとってつけたような名前を訂正した。「花言葉は栄光」

陽太はプッと吹いた。

「栄光？　だってあいつ、他のやつにつかまってしか生きられないんだろ？　それで栄光なんて、よくそんな御大層な看板背負っちゃえるね」

佳乃の真っ赤な唇がへの字になる。

「つかまってでもなんでも、花を咲かせたもの勝ちなの」

断言されて、陽太は瞬きをした。

「それに、ほかの弱々しい花や木はわざわざ人間が添え木をしてあげてるじゃない、あの子は違うわ。自分でつかまりに行くのよ。これも生きるための立派な戦略なのよ」

「初めから寄りかかる気満々じゃないか。添え木をしてもらう連中にはそれでも自力で立とうっていう気概がある」

「気概とか、難しい言葉知ってるんだねぇ」

智雄が口をはさむと、火花が散りかけていた母子の間の空気が弛緩した。

佳乃は、智雄にコーヒーを出すと、携帯電話とシステム手帳を手にキッチンへ戻った。カウンターのスツールに腰かけて電話を始める。

話が途切れ途切れに届いてくる。死期の見立ての予約を受けているのだ。

「どうしたんだ、お母さんは」

智雄は意外そうな笑みを浮かべながら佳乃を見やる。陽太は肩をすくめる。

「張り切っちゃってるだけだよ」

「そうか。いいことだ。家もこんなに変わっちゃってるとは思ってなかった」

智雄が感じ入る。

「話は聞いてるぞ、佳乃にこき使われてるそうじゃないか?」

智雄が、いたずらっぽい顔を陽太に寄せる。ふうん、自分が知らないところで、親は連絡を取り合っていたんだ。

陽太はソファーの背もたれに身を預ける。

「君も大変だったろうな」

「大変なんてもんじゃないよ、お父さんに代わってほしいぐらいだよ」

休日、陽太は友だちと遊ぶということが一切なくなった。

面白くない。佳乃は陽太の機嫌を取るために、あれこれ買ってくれるし、ゲームを禁止することもないが、対戦相手もライバルもいない今、ゲームをやってもつまらなかった。月曜日に学校へ行っても、日曜日に仲間内で遊んだ話題を持ち出されると、ついて行けない。

でもそんなことを家にいない父親に愚痴《ぐち》ったところでどうなるわけではない。陽太は諦観している。

陽太の尖った口に目を止めた智雄は、白い歯を見せた。

「どうだ陽太もシンガポール行くか？」

「次はシンガポールなわけ？　そっちに行ってもどうせ別の大変なことが起こるよ。盛岡にいても大変なら、ぼくはこっちで頑張るよ」

智雄は頼もしそうに陽太の細い肩を叩くと、コーヒーを飲んだ。

二日後、智雄を盛岡駅で見送った陽太母子は、タクシーに乗った。そのままま っすぐに帰るのかと思いきや、佳乃が運転手に指示した行き先は「ちゃぐちゃぐテレビ」という地元のテレビ局だった。六階建てのビルのロビーで、受付に乗りこんだ佳乃は、陽太の肩をつかんで受付の女性の前に押し出した。

「この子、『死』を予言できるんです」

カウンターに埋もれるように座っていた受付の女性は口を半開きにして陽太母子を見る。彼女の反応は、この状況においてお手本のようだった。陽太も、ぽかんとして母親を見上げる。

しばらくたってから受付の女性は「はい？」と聞き返した。

「うちの陽太、死ぬのがいつか分かるんです！」

佳乃の気張った声はロビーに響き渡った。大きな窓際のテーブルで書類を広げて話していたサラリーマン風の男や、ネームタグを下げたスーツ姿の女性らがこっちに注目する。自動ドアから入ってきた男性も足を止めたし、後ろ手を組んで立っている警備員ふたりは、帽子のつばの下で目つきを鋭くした。

「『ちゃぐちゃぐニュースファイブ』に出演させてください。プロデューサーか、ディレクター？　なんでもいいですが、番組のひとを呼んでください」

「お母さん、ぼく別に出たくないんだけど」

「陽太は黙ってなさい。あなたは世に出る子なのよ」

佳乃の目はすっかり血走っている。陽太はため息をついて、正面に顔を戻すと、受付の女性に、すみませんぼくも困っちゃってるんですよね、というふうに、苦笑いして見せた。

「どうしましたか？」

警備員がふたり、歩み寄ってきた。陽太の肩に置かれた佳乃の手に力がこもる。

「なんですか。あなたたちには関係ありません。あたしは『ちゃぐちゃぐニュースファイブ』の方を呼んでほしいと申し上げているんです。この子は寿命が分かるんです。素晴らしい能力を持った子をぜひ世間様に知っていただきたいんです。このことを報道しないのは、世の中の損失です！」

警備員は呆れ顔を見合わせ、受付の女性はオロオロし、ロビーは静まり返る。

「お母さん」

陽太は声を荒らげた。しかし、佳乃の耳には入らない。陽太は体をよじってその手から逃れようとする。できれば手を振り払うとか突き飛ばせればいいのだが、相手が母親だと手荒なこともできない。

「もしもし」

そこに、物腰の柔らかそうな男性が割って入った。さっき自動ドアの前で足を止めた男性だった。口周りにおしゃれひげをたくわえ、整った容姿をしている。胸元で揺れるネームタグには「番組制作会社　銀河　栗原《くりはら》　博《ひろし》」とある。

「あなたは？」

佳乃が胡散臭《うさんくさ》そうな目を向けた。栗原はそんな視線には慣れっこなのか、柔和な面持ちを崩さない。

「ひとの死期が分かるそうですね」

「ええ」

「この子が」

「ええ。斉藤陽太と申します——陽太ご挨拶して」

陽太は挨拶しなかった。栗原は陽太の機嫌を取るようにひょいと眉を上げて微笑みかけたが、これにも陽太は応じなかった。佳乃は、すみませんと謝罪して、最近作ったばかりの名刺を渡す。

栗原はじっとその名刺に視線を落とした。

「飯岡からいらしたんですね。私は、こういう者です」

栗原も名刺を出す。

「私はここの局の者ではないのですが、受注を受けて番組の制作に携わっております」

栗原に促されて佳乃たちは窓際のテーブルに着いた。栗原はテーブルの上で手を組んで身を乗り出す。

「死期が分かるとおっしゃっておられますが」

「ええ」

佳乃は身を乗り出してこれまでの陽太の「実績」を並べ立てた。陽太はだんだん飽きてきて、足を揺すったりあくびをしたりする。佳乃がそんな陽太を、話の合間に腿《もも》を軽く叩いて窘めた。

話を聞き終わった栗原は、眉を小指でかきながら、どう説明をしようかと思案しているようだ。

「どうです？　素晴らしいでしょう？」

自信満々の佳乃が良い返事を促す。栗原は背もたれに寄りかかった。

「まあ、こういう公共の番組でそういったシビアな『死』を扱うというのは、厳しいと思われますよ。どの局でも。また、『当てる』ということになると、死をもてあそんでいるとも受け取られかねませんから……」

穏やかな声で説明しながら、ちらっと陽太を見る。

「でも……」

食い下がろうとした佳乃の隣でしびれを切らした陽太が「お母さん、もういいよ」と立ち上がった。すたすたと出口へ向かう。

「あ、陽太」

佳乃のうろたえた声が追ってきた。

帰りのタクシーの中で、佳乃はテレビ局をこき下ろした。ひと様のためになるのに、とか、陽太の華々しい未来を潰した、などと。陽太は何も言わなかった。

それから二日ばかりたった、雨が降る日だった。

放課後に一緒に遊ぶ友だちもなくなってしまって、大きめの傘を差した陽太はひとりで通学路を家へと向かっていた。大通りから路地へ入ったところ、背後から近づくエンジン音に気づいた。クルマは停止し、ドアが開閉される音がしたあと、重たい靴音が近づいてきた。

「サイトウヨウタ」

ボイスチェンジャーを使った低い機械音に、陽太は傘を肩に押し当てて振り向いた。その瞬間、目の前にタオルが迫って来てあっという間に顔を覆われる。叫び声を上げてもタオルのせいで声は出ない。必死に抵抗すると、みぞおちに重たく鋭い衝撃を受けて、陽太は気を失った。

目が覚めると、硬い場所に横たわっていた。後ろ手に縛られ、目隠しをされている。目覚めのシチュエーションとしてこれ以上の最悪な状況はあるだろうか。

身じろぎすると、ボイスチェンジャーを通した声で「目が覚めたな。立て」と指示された。

マジか。めんどくせぇことになっちゃった、とげんなりした。命令されるのを好まない陽太は、知らんぷりを決めこんで寝転がっていた。尻を蹴られた。

「いってぇなあ。親にも蹴られたことないのにっ」

TVで再放送されていた昔のアニメのセリフを言ってみたが、相手はクスリとも笑わない。異様な緊張感が伝わってくる。

陽太は後ろ襟をつかまれ乱暴に引っ張り上げられた。

目を塞《ふさ》がれているので平衡感覚がつかめずよろけ、腰を何かにぶつけた。床で何かが砕ける。テーブルがあってそこにぶつかったのだと推測した。

「あと何日だ」

冷たく低い機械の声が尋ねる。何のことだか、ピンときた。

「おい、あと何日だ」

周りの様子をつかみたいところだが、わずかな死のにおいに集中力がかき乱される。ただ、正面に誰かいるのはとらえた。動いている気配が感じられない。座っているのか、横たわっているのか。

「なんでそんなことを知りたいんだ」

「お前には関係ない」

「だったら言わない」

突き飛ばされ床に倒れる。倒れた時に頬の内側を噛んでしまった。口の中に血の味が広がる。噛んだ部分があっという間に膨らんできた。

言え、と腹を蹴られた。陽太は嘔吐《おうと》した。

構わず相手は、言え、言え、言え、言え。ガツンガツン蹴ってくる。

腹に重たく鋭い衝撃を受けながら、自分が死ぬ時もこの体からにおうんだろうかと考える。そのにおいを自分は嗅ぎ取ることができるんだろうか。

決して口を開かない陽太にじれったくなったのか、相手は蹴るのをやめた。息を切らしている。

「病院も施設ももう面倒見ないんだとよ。嫁は出てくし。世間てのは冷たいよ。だからって、冷たい世間様に代わってなんの悪ぃこともしてないオレが世話しなきゃならない理由がどこにある？　あの木っ端役人め、平然と『息子さんでしょ』だと。息子ってだけで世話するのが当然なのか？」

床が踏み鳴らされる。陽太の頭をかすめて、何か硬いものが倒れた気配があった。瀬戸物のようなものの欠片が頬を打つ。まるで駄々っ子だ、と陽太は思う。

スリッパの足音が陽太の周りを回る。短い笑い声。

「あの役人は出世できないタイプだから分からないんだな。いいかクソガキ、オレは出世頭なんだ。才能のある人間だ。そのオレがだ、こんな婆に輝かしい未来の邪魔をされるわけにゃいかないだろ。それこそ世の損失ってもんだ」

正面で、動かない「婆」が言葉にならない声を上げた。

「気の毒だよなあ。こんな年になって世の中には受け入れてくれるひとも場所もないんだから」

憐憫の声を出しているつもりだろうか。ボイスチェンジャーを通る声はただただ厭らしさが強調されるだけである。

「早く死ねば楽になれるのにな早く死なせてやりたいね。そしたらオレも自由になる。なあ、これがウィンウィンってやつだ」

熱に浮かされたように喋り続ける。陽太は死のにおいに神経を集中して計算する。三か月。

いや、まだ先。三か月と一、二、三、四……十日、か。てか、三か月以上生きると知ったら、こいつはどうするだろう。

「い、いっしゅうかん」

陽太は答えた。喋り続けていた声がぴたりと途切れた。

「本当か」

陽太は口を噤む。後ろで縛られた手を踏みつけられる。痛みに呻く。

「本当に一週間で死ぬか」

そばにいる誰かも、この発言を聞いているはずだ。陽太は首を縦に動かした。

相手がゲラゲラと笑い出した。

「ようしいいぞ。一週間だ七日だ。だったら待ったほうがいい。七六五四三二一でオレは解放されるんだ！」

狂ったように笑う機械の声が、陽太の頭すれすれを行き来する。陽太は、みぞおちが冷たくなるのを感じる。

腕をつかまれて引っ張り上げられた。膝に力が入らない。膝を突くと、相手はそのまま引きずった。床は埃っぽかったが滑りは良かった。壁に頭をぶつけた。引き戸が開く音がして、陽太は突き飛ばされ、硬いものにぶつかった。床に転がる。

「一週間して、死なかったらお前、生きていられると思うな」

背後で引き戸が閉まる。ガタン、と音がすると、足音が遠ざかっていった。さらに遠くでドアが閉まる音がした。それから足音は聞こえなくなった。

縛られたまま陽太は壁伝いに身を起こした。肩に何度も顔をこすりつけて目隠しをずらす。

引き戸についているすりガラスの小さな窓から漏れる薄明かりで、そこがトイレであることを確認した。光量が少なく、四隅には闇が溜まっている。換気口はあるが、窓がない。マットや、カバーもない。消臭剤や芳香剤もないし、佳乃が好んで置くような小物やカレンダーもない。手のひらに触れる床は埃っぽい。

陽太は立ち上がって戸に耳を押しつけた。近所で工事をしているらしく、重機の音やコンクリートを破壊する音にかき消され、家の中の音は聞き取れない。

あいつ、出てっちゃったのかな。

後ろに縛られた手を肩越しに見る。結束バンドが食いこんでいた。後ろ向きになって戸を横に引こうと試みる。何度やっても動かない。突っ張り棒か何かで固定していったようだ。

体当たりした。びくともしない。

閉じこめられたというわけだ。

くっそう。マジ腹立つ。

陽太は便座に腰かけた。手首をぐいぐい回したりねじったりする。結束バンドは全く解けない。ランドセルはどこに行ったんだろう。あれにカッターも入っていたのに。

貧乏揺すりをする。

あいつ、バカだ。ぼくを便所に閉じこめたらてめぇはどうやってうんこするんだ。——ということは絶対来るはずだ。その時に逃げるんだ。いいかぼく、タイミングを見誤るな捕まったら終わりだ。

いつ来るかいつ来るかとじりじりしながら待っていたが、一向に来ない。埃っぽい床に足を滑らせる。家にいる時間がないほど忙しい職場に勤務しているのか、それとももうひとつトイレがあるのか、もしくは外ですませているのか。

喉が渇いた。水が飲みたい。背後のタンクが気になってくる。この蓋を上げれば、中には水が溜まっているはずだが、飲めるだろうか。

唇を噛む。便所の水を飲むなんてこんな屈辱的なことがあろうか。

でも死にたくはない。

今日は最悪なことのオンパレードだ。大売出しだ。今日はそういう日なのだ。だったらもう、プライドもへったくれもない。

陽太は足を使って片方ずつ靴下を脱いだ。滑らないように気をつけて便座に上がると、タンクに背を向けて縛られた手をひねり、蓋を慎重に持ち上げた。そのまま床に落とす。大きな音を立てて割れた。慎重に向きを変えてタンクに向かい合う。顔を近づけて躊躇した。それからまたタンクに背を向け、後ろ手でコックを回して水を流した。それでもまだ不潔な気がして、水が溜まるのを待ち、もう二回流した。

陽太は覚悟を決めてタンクに顔を突っこんだ。ゴクゴクと飲む。

便座に腰を下ろして口元を肩で拭った。トイレの中が暗くてかえって良かったかもしれない。もし、水垢《みずあか》でも見えたら絶対に飲めなかっただろう。

渇きが収まったら次は、体の末端から不安がじわじわとしみ出してきた。

『一週間して、死ななかったらお前、生きていられると思うな』

そう忠告されたが、あれは一週間ぼくが生きていたらの話だ。一週間ここに閉じこめられて、果たしてぼくは生きていられるのか？

天井を見上げる。今が何時か分からない。工事の音は断続的に響いている。

日の光がないと、こんなにも惨めな気持ちになるものなのだろうか。くじけそうになる。

震え出しそうな足で壁を蹴った。

大丈夫だ。ぼくの分の幸運はちゃんと用意されてるんだ。あとはつかみとるだけだから。だから、絶対なんとかなるんだ。

首を巡らせる。

換気口に改めて気づいた。これって、外につながってるんだよな。

便座に再び上がった。

「おーい！」

そこに向かって叫ぶ。

「おーい、誰かぁ！」

耳を澄ます。重機の音が邪魔するが、かすかにクルマの走る音をとらえることができた。

ほんとにかすかな音だ。こっからの叫び声が届くだろうか。届けなきゃ。じゃなきゃ、ぼくは一週間後には死んでるか殺されてるかどっちかなんだから。

「誰かあ！　助けてー！　ぼくは斉藤陽太です、津田小五年生！」

住所と電話番号も叫んだ。

絶対に助けは来てくれる。

そう信じて叫び続けた。

ふと目を覚ますと、相変わらず陽太は一畳ほどのトイレの中にいた。座りこんで寝ていた。どれぐらいの時間がたったのだろうか。

耳を澄ませる。工事の音ばかりでほかの物音は聞き取れない。ここがマンションだったら他の部屋から何らかの物音が聞こえてきてもいいはずなのに。これじゃあ、いくら叫んでも誰にも聞こえないんじゃないだろうか。

陽太はジャンプをしてみる。下のひとがこの音に気づくかもしれない。

しばらく続けていたが、疲れ果てて座りこんだ。

腹が減った。尻ポケットに手を入れたら、フリスクがあった。死のにおいをごまかすために持ち歩いているのだ。陽太は苦労して取り出して、ケースを振った。床に散らばったのが分かった。縛られたまま手探りでそれをかき集め、床に顔を伏せる。

食べようとしたものの、それ以上顔を近づけられない。

きっと埃まみれだ。そしてここは便所の床だ。

これを食べなきゃ死ぬだろうか。水がないと三日で死ぬって聞いたことがあるけど、食べ物は何日だったっけ。

腹を蹴られた衝撃を思い出した。

途端、その部分がカッと熱くなり、陽太はフリスクを蹴散らす。

床に落ちたものなんて誰が食うもんか。タンクの水は飲んでも、これだけはやっちゃいけない。

それは陽太にとってギリギリ自分を保つために、必要なプライドだった。

便座の上に立って水を飲んだらまた換気口に向かって叫ぶ。疲れたら休み、転寝《うたたね》をし、目が覚めたらまた叫ぶ。

どんどん疲れて、声も小さくなる。立ち上がる力もなくなる。助けは来ない。狭くて暗いここから助け出してもらえない。気が狂いそうになる。自分がこれまで何の気なしに口に出してきた死期。死にゆく者はこういう気持ちなのかと思った。寂しさや恐怖や不安が胸にこみあげてきて、目の奥が熱くなった。目をこする。バッカやろう、泣くかよ。ぼくがそう簡単に泣くかよっ。

洟《はな》をすすり、息を切らす。

頭に浮かぶのは、佳乃と智雄と、それからなぜか小島薫という少女だった。あいつ、なんだか不思議なやつだった。クルマに撥ねられても驚きも泣きわめきもうろたえもしなかった。あいつがこの場にいたら、どうしただろう。

小島薫のことを考えたら、落ち着いてきた。

ふと、カラスの鳴き声を聞いた。

そういえば、あの事故の時もカラスはそばにいたっけ。

ちくしょう。ぼくが死ぬのを待ってるみてぇじゃねえか。ああそうかよ、つまりこういうことだな。ぼくが死を使って商売の真似事をしたのが癇《かん》に障ったってんだな。これはその罰なんだろう。死を商売にしたのなら命で償え、そういうことなのだろう。誰の癇に障ったのか知らねえし、誰に対して償うのか知らないのに、そんなこと。「できるかぁ！」

陽太はのしかかる重たい絶望感を押しのけるように渾身の力で立ち上がると、換気口に向かって再び叫び始めた。


その日、カラスがうるさかった。何があったのかと推測する力を陽太は失っていた。床に横たわっていた。水を飲むために便座に上がる気力も体力もなかった。喉は潰《つぶ》れ、声が出ず、息をするだけで気道にしみた。

意識が遠のいている。複数の足音が迫ってくる。陽太が唯一思ったのは、ああいよいよか、だった。あちこちのドアを開閉する音がして足音が散らばる。男たちの鋭いやり取りと指示が騒々しく響く。

トイレの前で足音が止まった。陽太は腹を決めた。

引き戸が勢いよく開いた。風が吹きこんだ。光が差した。

陽太は、顔を上げた。


助け出された陽太は、衰弱が激しく、すぐに病院に搬送された。

病院に駆けつけたのは佳乃だけではなく、智雄も一緒だった。智雄は、佳乃から陽太が行方不明になったという連絡を受けて帰国していたのだった。ふたりは点滴をされた陽太を抱きしめた。

助けが来たのは、少女の声で通報があったおかげらしい。

マンションの十階から助けを求めている男の子がいる。名前はサイトウヨウタ。津田小五年生。住所と電話番号は……。その内容は佳乃が出していた捜索願の小学生と一致した。

通報は、本町通《ほんちようどおり》のハローワークそばの公衆電話からだったそうだ。ハローワークは、陽太が閉じこめられていたマンションから三百メートルほど離れたところにある。名乗らなかったから通報者は特定できなかった。

閉じこめられていた部屋は最上階の角部屋で、真下と隣は空き部屋だった。おまけに工事の音が響き、陽太の声は他の部屋の住人には届いていなかった。

犯人の顔をテレビニュースで見て、ゾッとした。栗原だった。テレビ局で優し気に声をかけてきた栗原博。

死を待たれていたのは病気を患っていた高齢の実母だった。

佳乃はその事件以来、陽太に死期を当てさせることをしなくなった。責任を感じて打ちひしがれていた。陽太も智雄も彼女を責めはしなかった。佳乃がテレビ局へ売りこみに行かなくても、陽太が死期を悟れるという噂《うわさ》が立ったら、いずれ似たような事件に発展しただろう。


大学に入り、将来は何をして生きていこうと考えた時、まず排除したのは、ひとに使われ、管理されることだった。オレはオレの人生を他人に牛耳《ぎゅうじ》られたくはない。自分がトップに立って、自分のやりたいようにやるんだ。花屋の鈴木オーナーの手はボロボロだったが、逞しく自信にあふれていた。ああいう手になってやろうじゃないか。

自分の持ち駒《ごま》は、死のにおいが分かる能力。しょうもない力だが、他人と違うということは強みには違いない。誘拐事件で一度痛い目を見ているから、ひとの死期を当てることはしない。ならば、ペットの死亡を専門にしよう。

会社を興そうと決め、ノウハウを学ぶためにペットシッターのバイトをした。着々とスキルを身につけ、いざ立ち上げる段階に至って親にひと言ぐらい断りを入れたほうがいいだろうと、実家に足を向けた。

庭に、グロリオサの姿はなく、切り花用のヒマワリが揺れていた。

佳乃は陽太が覚悟していたほど反対しなかった。陽太が家を出てから飼い始めたシーズー犬のむぎを膝にのせてうん、うん、と聞いていた彼女は、聞き終わってから通帳と印鑑を渡した。そこにはまとまった額が入っていた。

「それは陽太が稼いだものよ。足しになさい」

小学校の時の死期を当てて得ていた報酬を、佳乃は手をつけることなく貯金していたのだった。


立ち上げた会社「ペットシッター　ちいさなあしあと」は、死期を正確に告げる会社として、徐々に巷に広まり軌道に乗り始めた。ひと手が足りなくなり、共に働き始めて一年たつ柚子川と相談して、もうひとり雇うことにする。

職業安定所に求人を出さずに、自分の目で見て、スカウトしようと思っていた。安定所の向かいにある喫茶店に通うこと一週間。

数日前から、職安にやって来るひとりの女性に目星をつけていた。毎日同じ時刻に来て、職安の前のベンチに腰かけ、添え木をされた幼木を見やり、カラスを見上げ、そして同じ時刻に帰っていく。打ちひしがれた暗い顔でも希望を持った明るい顔でもない。

すたすたと職安に入っていき、すたすたと出てくる。失業者という自覚があるのだろうか。まるで職安に勤務している職員のようなのだ。

その女性にどこか懐かしさを抱いたが、だからと言って「オレたちどっかで会ったことあるよね」と声をかけたら、十中八九、警戒されてしまう。

そして今日もその女性は現れた。

ベンチに座り、カラスを見上げている。

陽太の口角が上がる。

よし。

陽太は席を立った。

彼女に声をかけ、面接らしきものをするため喫茶店に入った。店員に飲み物を注文する時、彼女はかなり時間がかかった。どうやら自分で決めるのが苦手らしい。見かねた店員にコーヒーを勧められ「ホットにしますか？　アイスにしますか？」と聞かれると、平坦な声で「どっちでもいいです」と答えた。

陽太は口にふくんでいた水を吹いた。

「どっちでもいいって言ったひと、私、今までにひとりしか見たことないですよ。あなたがふたり目」

言いながら「ペットシッター　ちいさなあしあと」の名刺を渡すと、女性は覗きこむようにしてじっと見た。気にせず業務内容を説明しようとすると、遮るようにして名前を読み上げられた。

「斉藤陽太さん」

「はい？」

「私、小島薫です」

「あ、よろしくね。それでうちの社……と言っても従業員は私とあとひとりだけなんだけど、ま、詳しいことは社で説明させて」

「あの、私小島薫って言うのですが」

「あ、それはもう聞いた」

ん？

胸にザラリとしたものを覚えた。

記憶が呼び起こされる。

陽太は目の前の女性を指差した。

「事故！　小学生の時のっ」

やっと彼女が、ともに事故に遭い、自分の前から姿を消した女の子「小島薫」であることを知ったのだった。

第三章　可愛いあたし

「ですから、なんっっべんも申し上げておりますように、当方では人間の寿命は当てられません。は？　差別って」

　受話器を耳に当てながら、陽太はボールペンの尻でこめかみをかいた。もうかれこれ二十分は押し問答している。柚子川が、電話中の陽太に気兼ねして、小声で「いってきまーす」と挨拶し、商売道具を担いで出ていく。陽太は片手を上げて送り出した。

「あのですね、そういうのは占い屋さんへ行かれてはいかがですか？　自信がないって？　私がですか？」

　受話器から顔を背けて鼻で笑う。貧乏揺すりが始まった。机の上の口の開いた炭酸水は揺すられて、どんどん気が抜けていく。

　動物の寿命が分かるなら人間の寿命だって分かるだろ、見てほしいというひとが多い。最近とみに多くなってきた。人生に行き詰まっているのか？

薫がキャリーケースに組み立て式の棺桶を詰め、ファスナーを閉める。顔を陽太へ向けた。

「いってまいります」

陽太は受話器を手でふさいで、「今日は迎えに行ける」と伝える。彼女は運転免許がないので、陽太に時間がある時は、送迎をしている。薫は会釈をして出て行った。

電話の向こうの男性はまだ、占いは外れることがあるじゃないか、と甲高い声を掠れさせて罵倒《ばとう》している。陽太は、壁かけ時計を見上げた。そろそろ打ち合わせに出ないとまずい。

受話器を顔の正面に立てた。

「だから。オレは占いと違って絶対ぇ外さねえから、寿命を当てることはしねえつってんだよ!」

受話器を置くや否や、今度はスマホが鳴った。

画面には「公衆電話」と出ていた。怪訝に思ったが、とりあえず出てみるのが陽太である。

バリトン声が響いた。

『やあ、陽太かい? 市内の天気はどう?』

「?」

『ぼくだよ』

「誰だよ」

『ダディだよ』

父・智雄である。

電話の向こうから、子どもの泣き声や、一一四番でお待ちの方ぁなどの呼び出し、台車か何かが走る音、あとは判別つかないさざめきが、滲《にじ》んで聞こえてくる。


翌日。陽太は岩手飯岡駅の西に位置する実家に向け、パオを走らせた。景色は、収穫がすんだ田畑から住宅街に変わる。一年前よりさらに住宅が増えた。

入り組む道の間を縫うこと数分。月極め駐車場の隣にある二階建てのクリーム色の一軒家。カーポートの隅には、クルマの代わりに母・佳乃の電動アシスト自転車が停められている。奥には、落ち葉を集める竹箒《たけぼうき》、ちりとり、落ち葉が詰まったゴミ袋が寄せられていた。

滅多に帰らなくなっていた実家は変わっていない。庭の芝生は季節柄、茶色くなっているものの、芝刈り機の筋がつけられ整えられているし、余計なものはなく、すっきりと片づいていて錆色の庭は潔かった。

カーポートを出て、道路に面した蛇腹《じゃばら》の門扉を開ける。

頭の上で、アーという太くひび割れた鳴き声がした。顔を向けると屋根の上にカラスが留まっていた。首をかしげながら陽太を見分している。カラスがどういうつもりでこっちをじろじろ見ているのか本当のところは知らないが、ああいったカラスの仕草は、ひとを値踏みしているように見える。薫なら、なんと言っているのか正確に分かるのだろう。

陽太は顔を背け、レンガの敷かれたアプローチを進んだ。足音を聞きつけたのだろう、ドアの向こうで小型犬が躍起になって吠えている。

窓から陽太が来るのが見えたらしい、むーぎっ静かにして、お兄ちゃんよ、帰ってきたのよ、と佳乃の明るく窘める声が聞こえてくる。

ドアが開いた。

薄化粧をした佳乃が、

「お帰り〜」

と、出迎えた。垂れた耳にハロウィンリボンをつけたオスのこげ茶色と白のシーズー犬を抱いている。

むぎは抱っこされておとなしくなっていた。先月末に美容院へ連れて行かれたのだろう。そこでハロウィンのリボンを括《くく》りつけられたのだ。

人間換算年齢で四十代半ばのおっさんがオレンジと黒のカボチャ柄のリボンをつけている

姿に、陽太は口の端を歪めた。嘲笑を理解したのか、むぎが再び吠え始める。

「ほうら、むぎちゃん。静かに。あなたのお兄ちゃんでしょ」

佳乃が赤ん坊をあやすように揺すりながら、陽太に笑みを向けた。智雄が帰ってきたため笑顔に余裕がある。いつもの線の細さや脆《もろ》さがない。

一歩、玄関に踏み入れた陽太の足が、宙でぴたりと止まった。

浮かれている佳乃が、急に日本勤務になったんだって、びっくりよね、もうすぐ定年ってことを踏まえてくれた上のひとの判断だったのかもしれないわね、お母さん安心したもの、と声を弾ませながら正面のリビングのドアを開ける。

陽太がついてきていないことに気づいて振り返る。玄関にて片足を上げたままの陽太を見て首をかしげる。

「何してるの。いらっしゃい」

陽太はホールに上がった。二畳半ほどのホールをリビングへと進むその一歩ごとに、予感は確信に変わる。

リビングに入り、右手に視線をずらせば、こちらに背を向けてソファーに座る智雄の整えられた白銀の頭があった。

陽太の気配に智雄がふり向く。

陽太は父の顔を見た。智雄は息子の顔を見て、すぐに目元を緩めた。

「やあ、陽太。久しぶりだね、よく来てくれた」

感情を豊かに表す眉に、くっきりとした二重瞼《まぶた》のアーモンド形の目。白いポロシャツに、ビンテージデニム。記憶の中の父親とおおよそは変わっていないが、覇気は削《そ》ぎ落とされていた。

その場に佇《たたず》んだ陽太の背を、佳乃が押してL字ソファーの短いほうにかけさせる。智雄の前の、冷めたお茶をキッチンへ下げ、新しいお茶の用意を始めた。

むぎがソファーに駆け上がり、智雄にぴたりと寄り添う。

「懐いてるだろ？　朝と夜、むぎの散歩に行ってるんだ」

「親父が？」

智雄は得意げに眉を上げた。陽太は慎重にほほ笑む。

「こっちの空は落ち着くね。儚《はかな》い色をしていて情緒がある。でもやっぱり寒いなあ」

イベント会社では天気が重要なので、いつも智雄は天気を気にしている。たいがい機嫌は良くしているが、晴れだとさらにテンションが上がるひとだ。

「それにしても陽太はまた、男ぶりを上げちゃったんじゃないか？　さすが父さんの息子だ」

陽太は笑みを浮かべて受け流した。

「愛想笑いも板についてきたね。仕事はどうだい？　まあそれだけ表向きの顔が作れるなら、順調なんだろうな」

智雄はゆったりと腕を背もたれにかけて足を組んだ。

佳乃がふたりの前にお茶を置き、智雄の隣に座った。智雄がありがとうと礼を言う。佳乃はお盆をテーブルの上に置いてお茶を手に取った。

「親父、帰国したのは、こっちでの仕事があったからってわけじゃなかったんだな」

家に入った時点から気になっていたことをぶつけた。佳乃が、瞬きをして智雄を見る。智雄は眉を上げて、ソファーの背もたれから身を離した。

「あったさ。だからぼくは手を上げたんだ」

智雄は右手を軽く挙手した。陽太は両手を上げた。

「こういうことだろ」

智雄は真顔になり、手を下ろした。陽太の心情を読み取ろうとするかのようにまっすぐに見つめてくる。

陽太はそんな智雄を正視する。

異変を感じたらしい佳乃は当惑した顔でふたりを交互に窺う。

周りの空気を読んだむぎが床に下り、三人の足元をオロオロと行き来する。

智雄が、張っていた糸が切れたみたいに顔をくしゃりとさせた。まいったね、本当に君は鼻が利く、と肩をすくめる。

「肺に影が見つかったんだよ」

カラスが鳴いた。陽太は吐き出し窓へ顔を向ける。カラスはポーチの屋根に移っていて、こっちを覗いている。

「ど、どういうことなの？」

ねえどういうことなの、病名は？　分かったのはいつ？　治るの？　間違いじゃないの？……。佳乃は冷静さを失い、質問攻めにする。

智雄は他人事のように穏やかなまなざしと淡々とした口調でひとつひとつ答えていく。手術や放射線、投薬など治療が間に合う段階はとうに過ぎた。つまりは治らない。佳乃は顔を覆った。なんでもっと早く、と手のひらの中で詰《なじ》る。むぎがソファーに飛びのり、佳乃の顔を覗きこんで、慰めるように鼻を寄せる。

不調に敏感に気づくひとならば早く手を打てたのかもしれないが、智雄はそういうタイプじゃない。仕事に熱中している間は、いつでも体調は絶好調な男なのだ。

智雄は膝の上で手を組んで、泣き続ける佳乃を諦観の面持ちで見守っている。静かな泣き声が、リビングに漂う死のにおいを際立たせる。

むぎは、今度は智雄の胸に前足を突っ張って、心配げに口元へ鼻先を伸ばす。智雄はむぎをなでて落ち着かせようとしながら、再び口を開いた。

「年明けぐらいまでかなって、ドクターは見てるよ」

不景気は年明けぐらいまでかな、と変換してもなんら違和感のない口調だ。

陽太は横を向いてため息をついた。希望を持たせるように医者はそう教えたのか、それとも本当にそう判断したのか。もしくは、佳乃を想っての智雄なりの方便なのか。いずれにしても。

智雄は、年を越せない。

スマホが震えた。画面には事務所の番号が表示されている。陽太はリビングを出た。

『小島です』

「ああ」

『社長、今どちらですか』

「飯岡。なした」

『社長に直接会って依頼をしたい、とおっしゃる女性がお待ちになってらっしゃいます』

「誰」

『小林絢《こばやしあや》さんという方です』

コバヤシアヤ。

「初めまして、わたくし陽太の父をやっております、智雄と申します」

「うあっ」

いきなり横からスマホに向かって智雄が自己紹介をしたので、陽太は肝を冷やす。

「何してんの親父っ」

「何してるのお父さん」

佳乃がリビングから顔を出す。その目は真っ赤で、腫れぼったい。

『ご無沙汰しております。小島薫です。「ちいさなあしあと」で働かせていただいております』

さすが薫だ。驚くこともなく、すんなり自己紹介を返した。智雄は陽太の手からスマホを抜き取ると、佳乃に、「陽太のとこで働いてる小島さんというお嬢さんらしい」と伝える。

佳乃は、ああそうとどうでもいいことのように受け流す。

「失礼。ご無沙汰？　ああこれは申し訳ない、あなたのことを失念してしまいました。恐縮なのですが、どちらでお会いしたか教えていただけませんでしょうか」

「薫、余計なこと言わなくていい」

陽太が智雄からスマホを奪い返そうとしながら首を伸ばして声を届ける。

その名を耳にした佳乃の顔色が変わった。

『小学生の頃事故に遭って、社長に助けていただきました。その時に病院でお会いしました』

智雄はああっ、と閃きの声を上げた。

「そうでしたね。お元気でしたか薫さん。そうですか、そうですか、陽太の会社に就職してくださったんですね。息子がお世話になっております」

佳乃が陽太へ顔を向ける。

「コジマカオルって言った？　あの時の子？　あなた、自分を事故に遭わせた子を雇ってるの？」

険しい面持ちの佳乃が迫る。智雄の病状を聞いてショックを受けたばかりなので神経が高ぶっている。むぎが三人の間を右往左往する。

一方の智雄は、切り替えが早く、「どうかひとつ、息子をよろしくお願いいたします」などと楽しそうに話を続けている。

元々、社交も女性も好きな男なのだ。

陽太はスマホを取り戻すことをいったん棚上げし、佳乃に向き直った。

「もう十五年も前のことだろ、それに事故はあいつのせいじゃない」

「何言ってるの、その母親が起こしたのよ」

「あいつと、あいつの母親は切り離して考えてよ。それに、ケガはたいしたことなかった。すぐに治った」

「ケガは治っても後遺症があるでしょ。あなただけ割を食うなんておかしいでしょう」

後遺症、とは、死のにおいを嗅ぎとることだろう。

「そのおかげで今の商売をしてこれてるし、オレだけじゃない。薫にも似たような後遺症はあるんだ」

佳乃は眉を上げた。

「ひょっとして……あなたのホームページに書いてあった動物の言葉が分かるって方、もしかして彼女のこと？」

息子の会社のサイトはチェック済みのようだ。

「ああ」

「陽太」

「母さんだって分かってるだろ、あいつの母親はもう死んでるってことを。死んだ人間にいつまでもわだかまりを持ってたってしょうがねえじゃん」

口を突いて出た「死」という言葉は、ぽっかり空いた会話のポケットによく響いた。

佳乃は血走った目を伏せた。智雄は陽太たちに背を向けている。陽太は、ふたりから顔を背けた。みんながバラバラの方向を見ている。

玄関を出る間際、佳乃に呼び止められた。

「社員を下の名前で呼ぶのは感心しないわ」

「うちの会社の方針。もうひとりの柚子川というやつも『栄輔』と呼んでる」

咄嗟《とっさ》に出まかせを言うのも、社長業として身につけたスキルだ。


パオのハンドルを握りながら、陽太は小学四年生の時のことを思い出していた。

みんながバラバラの方向を見ていた。

父親は海外を飛び回っている。母親は名誉欲に取りつかれている。息子は周りの死を気にしている。バラバラなのがちょうどいい。べたべたした関係は気持ちが悪い。それぞれ別の人格を持つひとりの人間なのだから、誰かに束縛されていい理由なんかない。

自分を生きるのだ。

じゃあ家族は何のためにあるのだろう。

何のため？　家族に機能性を持たせるのが正解なのか？　何のためでもない。家族だから、ただそれだけで、それでいいはずだ。

事務所のドアを開けると、入り口に背を向けた薫と対面していた女性が、こっちに視線をよこした。おそらくこのひとが小林絢だろう。マスクの上から覗く大きな二重の目が細められる。

「陽ちゃん、久しぶり」

立ち上がって近づいてくる。キョトンとする陽太。記憶している「小林絢」とは違う。

「どちら様で?」

首をひねると、パソコンに向かっていた柚子川の顔が引きつる。薫がソファーから振り返って社長と客を見ている。

「陽太」

柚子川は、彼女は陽太の知り合いということで、かれこれ一時間ほどここで待っていたのだよそれを「どちら様」はひどいんじゃないでしょうか、という長ったらしい批難交じりの視線を向けた。

絢が、あたしよ、よく見てよとマスクを取った。陽太にはいまいち分からない。彼女は憤慨することもなく、顔を突き出して自分を指す。ふわりと香水が香った。陽太は不躾《ぶしつけ》にも指を差した。

「あ、お前小林絢だな」

「だから最初っからそう言ってるでしょう！」

しびれを切らしてそう突っこんだのは柚子川だ。

陽太は腕組みをし、右手で顎のつけ根をさすりながら、改めて絢をまじまじと見る。アッシュ入りの茶色の長い髪は緩いパーマがかかっている。二重の大きな、少し吊り気味の目。長いまつげ。しゅっとした鼻。陽太は記憶と照らし合わせて瞬きをした。

「あれ、顔変えた？」

事務所内に戦慄《せんりつ》が走る。

「陽太っなんってこと言うんだ女性に対して。いくら知り合いでもそれは言っちゃダメでしょ、……すみません」

柚子川は陽太を窘《たしな》め、小林絢に頭を下げた。小林絢が噴き出す。

「いいんです、ほんとのことだから」

水を打ったように静まり返った。

「ほらな。やっぱり」

陽太は指摘が当たったことに気をよくして、そっくり返る。

「だからマスクしてんのか」

「これは風邪。整形したのは結構前。陽ちゃんと別れてから目と鼻をちょっとね」

絢は何の屈託もなく、ハキハキと明かす。ハスキーがかった声と合わさって、落ち着いたしっかり者の印象を与えた。

「あそう」

陽太はジャケットを脱ぎながら自分の席へ向かう。イスの背もたれにかけると、机にあったペットボトルを開けて一気に飲み干した。

「どう？」

絢が顎を上げて横顔を向ける。陽太は手の甲で口元を拭った。

「どうって？」

「可愛くなったでしょ？」

絢は背伸びをして顔をさらに寄せる。陽太は顔を引き、眉を寄せる。

「よく分かんない」

「社長」

薫が自分の席に戻る。「私そろそろ次の現場にいってまいります」

机の横に準備していたキャリーケースの持ち手を握る。

「おう。迎えに行くから」

「よろしくお願いいたします」

机にキャリーケースをぶつけた薫は、眉ひとつ動かすことなくしっかり持ち直して出て行った。次いで柚子川も嫁手作りの弁当を提げて現場へと向かった。

応接用のガラステーブルには、ミルクティーのペットボトルが置かれている。

「社長なのに、社員を迎えに行ってるの？」

声色に批判めいたものを感じたので、それには答えず、陽太はキッチンへ行った。空のペットボトルを捨てると、冷蔵庫から新たな炭酸水を出して、小林絢の前に腰を下ろした。

「で。どんな依頼？」

答えたくないという意図を汲んだらしい、絢はからかいの表情を浮かべながら、もう充分見ただろうに事務所内を見回す。

「陽ちゃんがペットシッターやってるなんて。でも大学の時にそういうバイトしてたもんね」

絢とつきあっていたのは、大学時代だ。陽太がバイト中に犬に噛まれて南病院へ行って、そこで看護師をしていた絢と知り合った。つきあっていたのは半年ぐらいか。

別れを切り出したのは絢から。絢に限らず、別れ話はほとんど相手から。切り出されれば——陽太にしてみれば突然のことでキョトンとしたが——ああそう、とすんなり飲んできた。すがったり、怒ったり、話し合って別れを回避しようなどと努めたこともなければ、そうしようと考えたことすらない。無理やり関係を続けようとするのは嫌いだし、そもそも、どうしても相手をそばに置いておきたいとは思わないからだ。

「絢は今もあの病院にいる？」

「うん」

絢はペットボトルから直接ミルクティーを飲むと、マスクをかけ直した。小さく咳をする。置いたペットボトルを見つめてポツリと言った。

「陽ちゃんのお父さんが受診したよ」

陽太は一瞬どういう顔をすべきか迷った。それで結局は笑うことにした。絢はそんな陽太を上目遣いに見る。

「なんか、大変だね……」

病名も、大体の余命も知っているのだろう。

「オレは大変じゃないけどね」

母親が大変なことになっちゃってっけど。

「で、犬？　猫？」

陽太は話を切り替える。

「ピッグ」

「養豚もやってんの？」

「じゃなくて、陽ちゃんも会ってるでしょ。ブルドッグのピッグ」

陽太は机に爪を打ちつけながら少しの間思い出そうと努めた。

「……ああ、そうだった」

犬なのに豚と名づけられたオスのブルドッグは、もう十五歳になるのだそうだ。ピッグを初めて見た時、陽太は、ガニ股でがっちりと四肢を踏ん張っているその筋肉質な体型を「机」と評し、当の机に体当たりされたことがあった。今から四年前のことである。

ひとり暮らしの絢は実家からピッグを連れてきて飼っていた。親は、親戚が手放して行き場を失っていた「ブサイク」な犬に、あまり関心を寄せていなかったから。

「うちはペットシッターというより、看取りがメインだけど？」

誤解がないようにあらかじめ伝えておく。

「分かってる」

絢は頷いた。

「最近元気がなくなってきて、病院に連れてったら年だから、しょうがないって言われた。

病気じゃないから治せないって。ここ一週間何にも食べないんだよね。あたしもこういう商売してるから寿命が尽きることに抵抗はないし、そろそろかなっていうのも分かってる」

事務的と言っていいぐらい淡々としている。まあ、感じ方も死のとらえ方もひとそれぞれだから、大袈裟に泣いたり、ひどく悲しまねばならないという法律はない、とも陽太は思う。

「じゃあ、いっぺん、絢んちに行ってみるよ」

「そうしてもらえる？　ピッグ、前よりずっとおとなしくなったからもう威嚇《いかく》しないと思う」

「それはありがたい」

ピッグは陽太を目の敵《かたき》にしていた。

「……仕事忙しいんだな」

ここに依頼しなきゃならないぐらいに。

「仕事っていうか……」

絢は長い髪を耳にかけて口ごもった。陽太はブラインドを半分上げてある窓へ顔を向ける。いつの間にか雨が降っている。

バッグを探る音に意識を戻せば、絢がスマホを取り出したところだった。画面に指を滑らせて、陽太へ向ける。

男のアニメ絵。自信に満ちあふれた笑み。スケート靴をはいて、こっちをひと差し指で差している。

陽太は瞬きした。

「ナンデスカコレハ」

「イケメンでしょ。ブルームーンの九龍《クーロン》くん」

ガッツリ二次元。そういったものに特に偏見はないし、ひとの趣味に口を出す気もないが。

「近々、仙台でコミケのイベントがあるの。コスプレのひとたちも当然集まってくるし、その中に九龍くんも来るんだ」

そのイベントと被らないか、被ったら看取ってほしいということらしい。

「もし被ったとして、飼い犬のほうを優先する気はないのか」

つきあっていた時も、絢は一般的な世話はこなしていた印象がある。忙しいから細かいところまでは手が回らないながらも散歩には連れて行っていたし、水は毎日替え、太りやすいのでおやつは低脂肪なものを選び、エサもオーガニックのものを与えていた。それは普通のことなのかもしれないけど、その普通のことさえできていない飼い主に出会ってきた陽太は、今考えれば、絢はまともな飼い主だったと思う。

ただ、少し疲れていたようには見えた。

遊んであげないとピッグはゴミ箱を蹴っ飛ばしてゴミを散らかし、ごはんが足りないと袋を破って食べる。仕事で疲れて帰宅して、その後始末するのがしんどい、どうして迷惑ごとばかり起こすんだろうと、陽太にこぼし、うんざりしていた。おまけに、鼾《いびき》がうるさくて寝られないと、イライラもしていた。

そんな中でも、放り出さずに面倒見てきた飼い犬の最期である。

「無理。年に一度、たった一日のイベントなんだよ。あたしたちは織姫と彦星なの」

織姫と彦星つったか、今。二十六歳看護師に、陽太の目の下は痙攣《けいれん》が止まらない。しっかりしろ、と肩を揺すりたい衝動に駆られる。

陽太はフリスクを出して、口に入れた。それを見た絢は、眦《まなじり》を決する。

「何よ、悪い？　そういうひとがいるから陽ちゃんの商売だって成り立ってるわけでしょ。それとも何、例えばこれが仕事の都合だったら悪くないって言うの？　どういう理由なら看取れない理由として正当になるの。どんな理由だろうと、看取れないいなら同じじゃない」

声が大きくなる。陽太は軽く肩をすくめた。

「まあ、どんな飼い主もいたからな」

鷹揚な態度で炭酸水を口にする。

「つか、昔と趣味が変わったんじゃね？」

「変わってないよ。陽ちゃんだってこんな感じだよ」

絢はスマホを陽太の顔の横にかざして見比べる。陽太は仰ぎ飲んでいた炭酸を吹いた。

「あだだだっ鼻に入ったっいだいいだいいだいっ」

ソファーに突っ伏して、涙目で悶絶《もんぜつ》する。

「でも性格は違う。彼はね、明るくて積極的で、前向きなの。落ちこんでると『がんばれ応援してる』とか『今は辛いだろうけど、ここを乗り越えれば君は飛べる』とか励ましてくれるの」

「アプリだべ？」

「アプリで」

力強く頷く。

本気かよ？　目を擦《こす》って身を起こす。

絢は陶酔した顔で画面を見つめている。……なるほど本気のようだ。『飛べる』って言うけどもう、結構なとこまで飛んでんじゃねえか、と腹の中で突っこむ。

「仕事辛いのか」

絢は画面を見つめながら、「今更、陽ちゃんに気遣われたってちっとも嬉しくない」とぴしゃりと言ってのけた。

「あのさ、まさかとは思うけど、そのアニメの男が整形に関係してたりするわけ」

絢は視線を逸らせて髪をなでる。

「……そういうわけじゃないけど」

陽太は膝に肘をのせて絢を見上げる。絢は陽太を一瞥して、ため息をついた。

「あたしが九龍くんにはまったばかりの時、コスプレフェスがあってね、友だちと行ってみたの。その会場に来てたコスプレーヤーのリョウくんが九龍くんにそっくりでさ。もう、画面から出てきたみたいだった。握手してもらった時に九龍くんが言ったんだ、あたしの目がもう少し大きくて鼻がもう少ししゅっとしてたら、エリナに似てるねって」

話していくうちに目がキラキラしていく。

「エリナって誰」

「九龍くんのパーティーのひとり」

陽太の顔に薄ら笑みが浮かぶ。

「パーティーって……そのアニメ、どーゆー設定」

「ちょっとこみ入った話なんだけど」

「できれば簡潔に」

「要約すると、九龍くんは高校生で、スケートのエリート集団のリーダーなのね。で、そのパーティーが世界から美女を駆逐《くちく》しようとしているブサイクでプライドが高くて、肥満体でガニ股で机みたいな体形で、毛玉でできたフリースとこたつと座イスがお似合いの悪の女王を懲《こ》らしめるって話」

陽太ははははは、と笑う。

「それはギャグマンガなのか」

絢が人工的目元をきつくする。陽太はこめかみを揉《も》んだ。

「九龍くんはね、『エリナに似たら、オレたちカップルコスプレーヤーになれるよ』って言ってくれた」

誰にでも言ってんだべ、と陽太は感づいたが、ひとの恋路に口出す者は馬に蹴られて死ねという、格言だかことわざだかを聞いたことがあったような気がしたので、黙していた。

「で、次の年、目と鼻を修整したら『綺麗になったね』って喜んでくれた」

「よかったね」

薫並みの棒読みである。だって、面白くないんだもの。目と鼻をやったら、たいがいは似せられるもんだろ。

絢が指を画面上でスライドさせる。その爪は短く切られていて、ネイルはされていない素の爪だ。反り気味で、割れていた。

次の画像は、メイクが濃すぎて誰だか判別できない。税関では止められ、顔認証システムでは他人と判断されるレベルだろう。このメイクならオレだって「エリナ」になれる。やたら布が少ないコスチュームは、もはや水着と断定していいな。なのに、透ける布でできた大きな羽を背負っている。布が足りないのか、余ってるのかよく分からない。リョウとやらと手をつないでいる。

「この服を着たくてダイエット頑張ったんだ」

この女性は絢のようだ。

「あーあ、胸が平らになった……」

陽太はがっかりする。

「会場では、前よりずっと一緒にいてくれるようになったの。彼のためにもっとエリナになりたいし、綺麗になりたい。彼の傍らに立つ時に自慢の女でいたい。彼は、あたしにそう思わせるひとなの」

力説する二十六歳看護師の元カノに、陽太は眇《すが》めた目を向けた。

「あんまり無理すんなよ」

絢が眉を吊り上げた。

「陽ちゃん、別れる時にも『無理するな』って、『無理してオレと会おうとしなくていい』って言ったよね」

そんなこと言ったっけか。まあいいや。陽太は背もたれに肘をかけて頭を支える。

「あれはお前の仕事がハードだから気を回したんだろ」

たぶんそんなとこだろう。

「はあ？　なんっにも分かってない」

「何が」

「関係を続けようと思ったら、続けたかったら多少は無理しなきゃいけない。努力しなきゃいけない。じゃなきゃ他人同士なんだから終わるに決まってるでしょ」

「じゃあ」

オレは続ける気がなかったってことか。

陽太は天井を仰いだ。なんか話が面倒な方向へ行きそうな気配がしてきた。

「九龍くんは、手をつないでくれる」

絢のうっとりとした声音から察するに、おそらく、スマホを眺めているのだろう、陽太は天井を仰いだまま「あ？」と「ああ」の中間ぐらいの声を出した。

「陽ちゃんは、あたしが遅れて歩いていても、躓《つまず》きそうになっても絶対手をつながなかったよね」

陽太は顔を起こした。案の定、スマホを見ている。そのスマホは最新機種だが、ちらりと見えた写真は、陽太と彼女の自撮りだった。旧スマホからデータを移したのだろう。陽太は目を背けた。

「つなぐ必要ってあるの？」

「そーゆーとこっ」

それから絢は、陽太が全く覚えていない思い出話を怒涛《どとう》のようにまくしたてた。口をはさむ余地も気力もなかった。どうして女はこう昔のことをいちいち覚えているのだろう。それもほとんどがこっちが悪いことばかりだ。ナントカ記念日を忘れていたとか、プレゼントのセンスがなかったとか、パオの屋根で目玉焼きを作ろうとしたのはシャレだったのに激怒したとか——パオの件だけは覚えている。

「いまさら言ってもしょうがないけどっ」

「いまさら言ってもしょうがねえけど、それ、そう思った時に言えばいいじゃん」

「嫌われたくなかったの」

「嫌うわけねえだろ」

「いっ」

絢の顔が歪んだ。

「いまさら、そういうこと言わないでよ！」

鼻息を強く吐いた。

いじった鼻でも普通に空気は通るのかと、陽太は妙なところに感心した。むしろ、前より高くなった分、気道は確保されているのかもしれない。それに目は輝いているし、表情がよく動くような気がする。確かにクルマやパソコンなど手を加えれば性能は上がるから、それと同じようなもんなのか。

ぶちまけた絢はすっきりした顔で、自身の近況を少し話し、陽太の近況も聞いた。そうしながらも、父親の話には触れないよう、そこだけは気をつけている風だった。それは陽太も同じだった。

「じゃあ、あたし帰るわ。明後日の夜勤明けの午後、お願いね」

絢は面通しの日時を確認して、マスクを直しながら立ち上がった。

絢が帰ったあと、陽太は時計を何気なく見やって目を剥《む》いた。薫の迎えを忘れてた。

慌てて事務所を出ると、階下からコンクリートのにおいをまとう湿って冷たい風が吹き上げてきた。鳥肌が立つ。路上は暗い。階段を駆け下りると、雨が叩く通りの向こうに、キャリーケースを両手で持つ薫が歩いてくるのが見えた。すぼめた折り畳み傘を小脇にはさんでいる。

身をすくめ、陽太が駆け寄ると、薫は足を止めた。顔は寒さから真っ青。髪の毛が顔に張りついている。

「薫、悪い、忘れてた」

我ながらひどい謝罪だ。

「そうですか」

息が白い。陽太を迂回して、体を斜めにした薫はキャリーケースを右足で押しのけるようにして一歩一歩階段へ向かっていく。

雨のしぶきで白く煙る地面から数センチ浮かせているキャリーケースを見やる。キャスターがひとつない。陽太は薫の手からそれをひったくった。薫はキョトンとして陽太を見上げる。

「いつ壊れた」

「帰りです」

「どこで」

「上田《うえだ》です」

二キロはある。そっから抱えてきたのか。

「タクシー使えよな」

そう口に出したものの、薫がタクシーを使わないのは分かっている。何せこれまでにも、犬に噛まれようが熱が出ようが、薬も病院も拒否してきたのだから。子どもの頃からしみついている、彼女の習慣と考え方である。

去年のことだが、薫は左肩を依頼対象の犬に噛まれた。噛み跡は大したことはなかったが、それよりも目を引いたのはその下の傷痕だった。五センチほどの引き攣れた太い古傷。適切な治療を施されたとは考えにくい、雑な治り方をしていた。

陽太は尋ねはしなかったが、母親が関わっているのではないかという予感はあった。それは、薫と共に遭った小学生の時の交通事故を思い出したからだ。横断歩道に突っこんできたクルマを運転していたのは、薫の母親だった。しかも飲酒運転。

陽太の下で働き始めた頃、母親と暮らしたアパートが取り壊されると知った薫はそこを訪ね、母親の幻を見てパニックになった。左肩を握り、死んだ母親に必死に許しを乞うた。助けてくれと懇願した。

陽太は、薫がネグレクトに支配されながら育ったことを知ったのだった。肩の傷の原因も、薬や医者を頼ろうとしない理由もそこにあるらしい。

虐待の果てに、母親が自分に向かってクルマで突っこんでくるという悪夢のような経験をした彼女には、自身を蔑ろにする傾向がある。

母親がこの世からいなくなっても刻みつけられた傷は、薫にくっきりと残って、彼女を捕らえ続けていた。

「迎え、行かなくて悪かった」

陽太は口を尖らせて再度謝る。顧客に対してはいくらでも謝れるが、本来、謝罪は得意ではない。

「大丈夫です」

薫は相変わらず、淡々としている。

事務所に入り、玄関のクローゼットを開ける。天井近くまで積み上がっているペット用の新品タオルをいくつか薫に放った。

「ありがとうございます」

薫はビニールを破って頭を拭く。爪も唇も真っ青で、震える髪の先からは雫《しずく》が落ちる。

「風邪引くから帰れ」

「はい。今日看取ったペットの報告を先方へメールですませたら帰ります」

ああ、それがあったか。仕事は片づけていってほしいし、社員に体調を崩してほしくもない。社長として難しいところである。

「先方には死んだっていう一報、入れたんでしょ？」

「はい」

薫は頭を拭きながら机に向かう。

「だったら報告書は明日にしてもらうよう、電話しとくから、今日は帰れ」

「平気です、私丈夫なので」

「そう言ってて、前にも風邪引いたでしょぉ」

薫は作業着を脱ぎ、イスの背もたれにかけるとパソコンを立ち上げ、業務報告書を打ちこみ始めた。Tシャツにまで染みていて、張りつくタンクトップと肩甲骨がはっきり見える。陽太はその背を一瞥すると、キャリーケースを自分の机まで運んだ。エアコンの温度を上げる。今のところはエアコンで間に合うが、もう少し季節が進めばファンヒーターも必要になる。

イスの背もたれから出勤時に着ているジャケットを取り、薫に投げる。薫の頭からばさりと被さる。キーを叩く音が途切れた。陽太は床に胡坐《あぐら》をかくと、キャリーケースを直し始めた。

薫の席から布がこすれる音がしたのち、キーを叩く音が再び響き始めた。

柚子川が帰ってきた。

「ただいまー」

おかえりなさい、と薫が返す。陽太のジャケットを羽織った彼女を柚子川は二度見した。

え、なしたのそれ陽太の……髪びしょ濡れじゃない。陽太が迎えに行ったんじゃないの？

はい。バスの時間を逃してしまいまして歩いて帰ってきました。ええ〜、確か今日は上田でしょ、あそこから帰ってきたの？　はい。傘は？　持って行ったのですが、壊れたキャリーケースを抱えなければならず手が足りませんでした。タクシーつかまらなかったの？

嫌味を言われているような気がして、机の陰でキャスターを直していた陽太はすっくと立ち上がった。陽太もまたシャツ一枚にタオルを肩にかけている。

「柚子川、うるさい。しょうがねえだろお客様がいたんだから」

「あ、陽太。なんで陽太まで濡れてるの、迎えに行ったんじゃないんでしょ？　そこで何してるの」

「キャスター壊れたから直してんだよ」

柚子川が覗きこむ。

「あーあー、それじゃダメだよ。どれ、ぼくがやってあげよう。陽太たちはもう帰ったら？　着替えないと風邪引くよ」

柚子川と場所を交代する。薫の席からキーの音がしてくる。

「オレも薫にそう言ったんだけど、業務報告書を送信するまでは帰らないそうだ」

「送信しました」

薫がパソコンの向こうから告げる。プリンターからも送信したものと同じ書類が吐き出される。柚子川が薫を見やって、陽太を振り仰ぐ。

「ほら、帰れば？」

「なんなの、お前ら。打ち合わせしたの？」

スマホが鳴った。柚子川と薫を見比べながら陽太が出ると、母の佳乃からだった。何か父親に突発的なことが起こったのか、と身構えたが、そうではなかった。

こっちの状況にはお構いなしにまずは喋る。智雄の食欲が落ちたとか、薬を飲んだ智雄は、ぼーっとしてるとか。

病気なんだから食欲がないのはもっともだし、痛み止めを飲んだらそりゃぼーっともするわいな、と普通に考えれば分かることを、ひどく例外的な症例のように話す。早口ではないのだが、切れ目がない。水道を細く出しっぱなしにしているようなものだ。どこで息継ぎをしているのだろう。いよいよ煩わしい。

『実家から通勤はできないの？　お父さんの残り時間が少ないのに、息子が離れて生活してるのはおかしいでしょう。一緒にいてやるのが家族じゃないの。それを、さっさと仕事に戻るなんて。あなたは薄情だわ。前から少し冷たいところがある子だったけど、ほんとに冷徹ね。お母さん、悲しいわよ』

くどくどと続く。晩秋の雨のように嫌なしみこみ方をする。スマホを少し耳から離して瞼をかく。このひとは、不安なんだろうな。親父が死ぬことより、親父が死んで遺《のこ》される自分が可哀そうなのだろう。

今でこそ、極度の依存はしていないものの、かつては近所のちょっとしたトラブルまで国際電話をかけて相談していた。

佳乃の依存気質は、昨日今日に始まったことじゃなく、輝かしい実績というか立派な前科というか、がある。智雄の死が近いということで、一度は収まった依存心が目を覚ましたのかもしれない。こっちに依りかかられても正直面倒だ。そう考える自分は、佳乃が言うように薄情で冷酷なのかもしれない。だがかつて、佳乃に振り回されたことを思えば、しがみつかれるのはもう沢山だ。

佳乃の感情が高ぶり、声が大きくなると、背後でその感情に共鳴して、むぎが吠える。

病院は治療が目的の施設だから、治らない患者を置いておくことはしない。自宅療養を勧められた智雄はいわば、見限られたということである。

「オレがいたって、親父は治らない」

陽太はつい口に出した。事務所内が、冷蔵庫すら息を潜めたように、静まり返った。

スマホから佳乃の声が漏れて事務所に言葉としてとらえられない音を響かせる。

陽太は「分かった、今度行くよ」とおざなりに約束して電話を切った。深呼吸する。切れ目のない話を聞き続けたあとは深く呼吸しないと酸欠になる。

「お父さんの病気、悪いの？」

案じ顔で柚子川が尋ねる。

「まあ」

陽太はイスからジャケットを取ってポケットからフリスクを取り出した。数粒を手のひらに出して口に放る。

「家から通ってもいいんじゃない？　ちょっと早起きすれば通えなくはないでしょ」

国道四六号線で二十分ほどだ。

「だからさ、オレがいたとこでもうどーにもなんないんだって。オレがいて治るならなんぼでもいてやるけどね」

ふたりが、特に柚子川は顔をくもらせて、陽太をじっと見ている。陽太はくしゃみをした。

「薫、帰るぞ」

「はい」


自宅の前に着いたものの、薫はすぐに降りようとはしない。叩きつける雨と、往復するワイパーがせめぎ合うフロントガラスを見つめている。

「着いたぞ」

「お父さんは」

薫が口を開いた。

陽太は図らずも、勢いよく首を回して薫を振り向いてしまった。薫はわずかに目を見開いたが、すぐに瞼を戻す。時々、その様子が、心情を見透かしているように見えることがある。何もかも分かっていながら、分かっていないふりを決めこんでいるだけなんじゃないだろうか、と。

「何」

「お父さんは、もうすぐお亡くなりになるんですか」

相変わらずのどストレート。慣れていないひとは、出会い頭に殴られたような衝撃を受けることだろう。陽太は顎を跳ね上げるようにして頷く。

「生まれてきた以上は死ぬだろうさ。死ななかったらこんなキツイことはないね」

あっさり答えると、薫にじっと見つめられた。

「あんまり家にいなかったひとだから、死ぬって言われてもピンとこねんだ」

する必要はないのに、母親を亡くしたひとに弁解している。薫の顔半分を照らす外灯の明かりが、もう半分の仄暗《ほのぐら》さを強調して、感情を読み取らせない。

「気にするな」

「……はい」

薫はシートベルトを外して車外に出た。

「送ってくださってありがとうございました」

いつも通りに、頭を下げた。

雨に打たれても、動物を看取っても、知り合いの親父が死に向かっていようとも、彼女は「いつも通り」を貫き通している。これが、決して平らな道だけを歩いてきたのではない彼女の、処世術なのかもしれない。

陽太はクルマを出した。

角を曲がったところで、ブレーキを踏む。小さな咳をする。乾燥しているのだろうか、ヒーターを切った。豆をばら撒くような激しい雨音に包まれる。ワイパーがギュッギュッギュと音をさせて雨を拭っているがあまり効果はない。

気遣われたわけではない、と思う。状況の説明を求められたわけでもない。なのに、陽太は話していた。これまで薫が看取ったペットの飼い主たちも、聞いてもないのに、薫には自ら開陳してきた。

鼻にあのにおいが蘇ってきて、陽太はフリスクをザラザラと口に入れる。

そうか、親父は死ぬのか。

量が多すぎて、ゲホゲホとむせる。鼻や目にしみる。むせながら、陽太はもう一度、そうか親父は死ぬのかと思った。

絢のアパートは、事務所からクルマで十五分。北上川沿いの三九六号線を南下し、真立《まったつ》にある。畑や集合住宅が多く、鳥の声がなだらかな山にこだましていた。

新築の二階建てで、絢の部屋は二階の角部屋。壁に水着だか衣装だかが数着かけられていて、アニメの「九龍くん」がスケート靴をはいてポーズを決めているポスターが貼られており、部屋の隅には、どくろをあしらったステッキや、ピンヒールのブーツが寄せられている。

陽太と薫はピッグの前に膝を揃えて座った。通常、死亡日の確認には陽太ひとりで赴くのだが、珍しく薫が同行を申し出たので、連れてきたのだった。ふたりは揃ってマスクをしている。風邪を引いたのだ。

そんなふたりを、絢は腕組みをして口角を引き下げた顔で見下ろしていた。すっかり治っていた絢はマスクを取っている。

「何睨んでんの、言っとくけどな、お前のがうつったんだからな」

陽太はマスクの下で鼻をぐずぐずさせながら、渋面を作った。

「薫さんにまでうつした覚えはないわよ」

「はい。いただいておりません。私のはオリジナルです」

陽太がマスクの下でプッと笑った。笑った陽太に、絢が頬を膨らませる。

件のピッグは、窓際でモフモフのベージュのカーペットに横たわり日を浴びていた。今の時期、日中はそこに移動させ、夜は冷気が届かない部屋の中央へ移動させているという。

陽太が部屋に入ってきた時、ピッグは苦労しながら顔を上げた。

「よう」と片手を上げて挨拶してみると、陽太のことを覚えていたのか歯を剥き出した。と言っても、もう歯は抜けてしまっていたので、赤黒い歯茎《はぐき》が丸出しになっただけだが、ほんにんとしては隆々たる牙を剥いたつもりになっているのだろう。ピッグは鼻音を強くさせて不満を表した。ブサイクでプライドが高くて、肥満体でガニ股で机みたいな体形は、死にかけていても健在だ。

だが、以前のように、体当たりをすることも、吠えることもできなくなっていた。

「つい最近まで、あたしが帰ってくると、ジャンプして喜んでね、部屋中疾走したの。帰ってきただけなのによ。朝会ってるじゃない、なのに毎回お祭り騒ぎ。あんまり興奮して、転んだの」

陽太が噴いた。

「何よ、犬でも転ぶのよ。しかもおじいちゃんだから骨が脆くなってて、折れたわけ」

陽太が嘲笑すると、ピッグの悪人面に拍車がかかり、獅子《しし》にそっくりになる。獅子にそっくりだな、と正直に口に出すと、絢は「そーゆーとこっ。だからピッグに嫌われるのよ」と陽太の肩を叩いた。そんなふたりを薫は無表情で眺めている。

「骨折してから寝たきりになっちゃった……」

絢の、ピッグに向けられる優しい声になでられ、ピッグは穏やかな顔つきになる。

死のにおいを確かめた陽太は、絢に腕を取られて、玄関へ連れてこられた。

「どう？」

絢が声を潜める。ワンルームなので、玄関から一直線に部屋が見通せる。ピッグの前に薫がぺたりと座りこんで見下ろしていた。ここからでは、薫の陰に隠れて、ピッグの後ろ足しか見えない。

「明後日ってとこかな。明後日の午後七時から七時半……」

「明後日……」

絢はため息をついた。

「やっぱり被っちゃったか。でもその時間なら、頑張れば戻ってこられそう」

「やっぱ、行くのか」

絢は眉間にしわを刻んだ。

「言ったでしょ、あたしは一年間我慢してきたのよ。あのイベントでしか会えないの。そのために休みも取った。休みを申請するためにどんだけ努力したと思う？　何か月も前から一生懸命に仕事に取り組んで、頑張ってる姿を看護師長以下、みんなに印象づけてさ。これを逃したらまた一年後。もしかしたらその間に、九龍くんに彼女が出来ちゃうかもしれない」

絢の声は興奮から震えていた。

「そんなに好きなのか」

「好きよ」

薫が顔を向けた。絢は薫を一瞥すると、陽太の腕を引っ張って外に出た。

「なんであの子を連れてくるのよ」

小声で詰《なじ》る。陽太はうなじに手を当てた。同行を申し出られたから、というのもあるが。

「犬の言葉が分かる、から？」

「それ、ホームページに書いてあったよね。あたしが陽ちゃんの事務所に行った時にも、とっちゃん坊やから聞いたわ。ほんとなの？」

疑り深そうな顔をする。

「ああ、ほんと」

「どうしてそう言い切れるのよ」

「飼い主とペットしか知りえないことを言うからな」

「前もって調べてんじゃないの」

陽太は糸切り歯を見せる。

「よっぽどの有名人なら調べようもあるだろうけど、オレらが相手にしてきたのは一般人だし。そんなの警察だって無理だべ」

絢は閉めたドアを見た。それからまた陽太を見上げる。

「じゃあ、ピッグが今なんて言ってるか分かるってことね」

「分かるだろうさ、喋ればね」

絢が陽太のジャケットに手を伸ばした。袖から何かを摘まみ上げる。陽太のよりは明らかに長いこげ茶色の髪の毛である。絢が指を開いて床に落とした。

「えらい自信だこと。自慢の社員ってことか」

「え？」

「社員、ってことでしょ」

目を眇められ、陽太はうなじをかく。「ああ」

せっかく楽しみにしているイベントにケチをつけられたからか、絢は機嫌が悪いようだ。

絢はドアノブをひっつかむと、ドアを外さんばかりに引き、部屋に入った。鼻先でドアが閉まる。

陽太が続いて入ると、絢が薫の前に立っていた。

「どう思ったって？」

ピッグから何を聞き出そうとしているのか知らないが、

「こっからは別……」

とっさに商売ッ気を出しかけた陽太だったが、絢が「おだまりっ」とけん制したので、黙った。

「びっくりした、と言ってます」

薫が伝えると、ほらね、と絢はせせら笑う。

「そんなこと誰でも思いつくよ」

「『顔が変わっちゃった。あたしびっくりしたわ』」

「え？　『あたし』？」

「はい」

「オスだろ？」

陽太が口をはさむ。絢が当惑気味に答える。

「オス……、だけど、去勢した……」

陽太はゲラゲラと笑った。ピッグが強烈な不満の鼻息で抗議する。

「『でもすぐに絢ちゃんだって分かったから平気よ、ノープロブレム』」

周りがどうであれ、職務を執行する薫は頼もしい。

「『でも絢ちゃんが鏡を見て泣いたのは大問題よ』」

絢は息をのんだ。顔が見る間に紅潮する。薫の言うことが図星だったのか、絢は口を開けて薫を凝視した。

「『痛かったのね。可哀そうに。どうしてお顔が変わっちゃったのか分からないけれど、とにかく泣いちゃうほど痛かったのね。それに、絢ちゃん、痛い痛いって言いながら先がとんがったお靴をはくでしょう。痛いお靴なんかはかなくたっていいのよ。あたしはいつだって裸足でノープロブレムなんだから』」

ピッグが鼻息を吐いた。鼾のような鼻音が立ち、それは薫の言葉の全肯定に陽太には聞こえた。

絢の肩が上がる。

「九龍くんに気に入ってもらえるなら、痛みなんてどーってことないのよ」

絢がピッグを見下ろしたまま声を絞り出す。

「可愛くなきゃ、九龍くんに愛してもらえないの。そばにいてもらえないの。ほかの子にとられちゃうの」

薫がじっとピッグを見つめる。

「『絢ちゃんはあたしの顔を両手ではさんで言った。ピッグは可愛いねって』」

ピッグは重たい瞼《まぶた》をこじ開け、薫を上目遣いに見上げると、鼻を高らかに鳴らして、床に喉をべったりとつけた。

「ピッグは自分がとてもキュートだと言っています。そしてまた、それを自覚していると も」

え、と陽太が目を見開いて、深刻な顔でピッグを見下ろした。

「何かの間違いじゃないのか」

陽太がささやくと、ピッグは片眉——ひとで言えば、眉がある位置の肉を——引き上げた。皮膚が折りたたまれた年老いた犬は、失礼極まりない男を睨み上げている。睨み上げているのかただ見上げているのか判断が難しい顔で顎をしゃくれさせている。

「こいつ、今も不機嫌なのか」

薫が答えるより前に、ピッグがいよいよ顎をしゃくれさせた。本人的には牙を剥いているつもりだろうが、歯がないので、やはり赤黒い歯茎が剥きだしにされているだけである。

陽太は顎を引く。横を向いて笑う。ピッグがバカにされたと察知して吠えようとしたが、その体力がないらしく鼾だけがぶぶぶーと漏れる。

「『絢ちゃんはあたしのほっぺたにほっぺたを押しつけてくれる。あたしは絢ちゃんのほっぺたが大好き。そうしながら、可愛いねってあたしに言ったのに』」

薫はそこまで言って黙った。

「終わり……?」

絢がおそるおそる問えば、薫はピッグに目を据えたまま頷く。絢は薫の前に膝を突く。薫の左肩をつかむ。

「言ったのに、の続きは?」

薫は口を噤んでピッグを見ている。絢も促されるようにピッグに視線を向けた。ピッグはゆっくりとかすかに腹を上下させている。

　薫の肩に絢の指先がめりこんでいく。薫の顔が歪む。陽太が、その手をつかんだ。肩が解放された薫は、ぎこちなく息を継いだ。絢が陽太の手を振り払った。

　なんと言われようと、と絢がうめいた。

「行く。もう決めたことなの」

　絢が声を震わせた。

　ピッグは目を半分閉じたままだ。


　事務所へ向かってパオは走る。助手席の薫は窓の外を眺めている。左手に望む新幹線の高架橋。その向こうは、陽太の実家のある飯岡の町だ。

　今朝も、佳乃から電話があった。智雄の食欲がないと訴えていた。訴えられたところで、どうしようもないではないか。こっちだって実家に帰った日から食欲はないのだ。フリスクと炭酸水で生きているのである。

「ベッドからは出てきたんだけど、何も食べないのに痛み止めを飲んだの。あれじゃあ胃を悪くしてしまう」

　あとひと月で死ぬのに胃の心配をしている佳乃につい笑った。笑ったのがバレて、さらなる説教と説諭、嘆きを誘発してしまう。

そして最後には、

「あんなことがあったから、あなたがそうなってしまったのよね。お母さんの責任なんだわ」

あんなこと、というのは誘拐監禁されたことだろう。そんなのが影響しているとは思えない。オレは昔からオレだった。それを欠陥商品みたいに「しまった」という言葉を使ってオレを表すのは勘弁してもらいたい。

交差点を突破した。クルマを次々と追い越していく。

「社長」

ふいに耳に入ってきた薫の声に、我に返って助手席へ視線を向ければ、薫が普段通りの真顔で陽太を見ていた。

「何」

「八十キロです」

薫が速度計を見やる。陽太はアクセルの足を浮かせた。

「そして信号、赤でした」

陽太はバックミラーを覗く。確かに赤だ。ブレーキに足をかける。ポケットからフリスクケースを出したが、中身が空っぽだった。助手席のグローブボックスに手を伸ばす。フリスクがいくつも入っている。

ひとつを取ってフィルムを剥こうとしたが、片手ではうまく剥けない。興味深そうに眺めている助手席の社員に渡すと、彼女は黙ってフィルムを取り去って陽太の手に戻した。柚子川だったら必ず「フリスク食べすぎると胃を悪くするよ」などと小言をつけ加えるところだが、薫は黙っている。黙ってじっと見ている。——イラっとくる。

「あのねぇ、これは死のにおいを誤魔化すためなのっ。いつまでも鼻についてるからっ」

ガショガショガショガショといらだちに任せて大きく振ったら、ハンドルに肘をぶつけてクラクションを鳴らしてしまい、陽太は座ったまま跳ねた。

「社長」

「なんですか」

「お腹が空きました」

ああ？　といつもなら口に出していたところだが、気力がない。黙っていると、

「お腹が空きました」

なおも重ねてくる。

「聞きましたっ事務所に戻ったら弁当あるんでしょ、我慢しなさい」

まっすぐ続く広い道路沿いには、飲食店が建ち並んでいる。赤い看板や黄色い幟《のぼり》が目を引く。薫は助手席側の窓の外を眺めて呟いた。

「お腹が」

「もおっ」

陽太はハンドルを左に切った。

ファミレスである。和洋中が渾然一体となって揃っている。陽太の前に座った薫は、膨大な品数が載るメニューを開いたっきり口を利かない。意識が飛んでるのか？

陽太が咳をすると、薫が条件反射のようにテーブルの端の呼び出しボタンを押した。決まったのか、と薫をまじまじと見る。店員が小走りにやってきた。

「お決まりでしょうか」

「社長と同じものをお願いします」

「は？」

陽太と店員の声が揃う。店員が面食らった顔をそのまま陽太へ向ける。一本調子で訳の分からない注文の仕方をした無表情な女の前に座っている男が社長であると判断したらしい。そしてその社長はまだ何も注文していない。というか、社長は目下、食欲がなくて注文する気にもなっていなかった。

「オレは何も要りません」

陽太は店員に、というより薫に告げる。

「社長と同じものをいただきます」

薫の眉間にさざ波が立っている。

「だからオレは何も要らねっつってんべ」

「社長と同じものを」

無為な時間が流れていく。店員が、小型機械とタッチペンを構えて待っている。無言のプレッシャーをかけてくる。そりゃそうだ、このひとだって暇だから立ってるってわけじゃないのだ。

陽太は観念して、メニューを引き寄せた。

料理を待つ間に、薫が、ピッグから聞いた絢のことを話した。

「これは、ピッグが絢さんに伝えてほしいと言ったわけではないですし、絢さんがご自分から聞かれなかったので、先ほどは慎んでいたのですが」

断ってから、本題に入る。

絢は昇進してから極端に忙しくなったらしい。それと同時にプレッシャーも半端のないものになった。休みの日でも電話で呼び出されること、帰宅してすぐにとんぼ返りすることもざら、寝入りばなを電話で叩き起こされたこともある。それでも出勤となれば、患者に鬱々《うつうつ》とした顔を向けるわけにいかない。背筋を伸ばし、胸を張り、顔を上げて出て行く。まるで戦地に赴くように。

初めのうちこそ気力で鼓舞できていたものの、徐々に疲弊していく。

女の職場である。新人看護師と、先輩看護師にはさまれての調整役。業務もきついがそれ以上に、人間関係の悩みがのしかかるようになってきた。

後輩が失敗すれば先輩や医師から責められ、後輩を厳しく指導すれば忌み嫌われる。「口うるさいおばさん」と陰口を叩かれていたのを知って、落ちこんでいたそうだ。

「あたし、変わりたい。陰口に悩まされたくない。いちいち気にして落ちこんで、仕事にも影響出て、こんなあたし、もううんざり」

絢は魂の抜けたような顔で呟くと、ピッグを膝にのせ頬を押しつけたそうだ。

あたしのほっぺたは乾く暇がないのよ、とピッグは嘆いた。

休日のその朝、テレビをつけ、絢はベッドに背中を預けてリンゴの皮を剥いていた。痛っという声がして包丁が落ちた。ピッグが顔を向けると、絢の指から血が滴り落ちた。

いつも血を見ている絢は少しのケガに慌てることはない。救急箱から絆創膏を取り出す。そこまでは淡々としていたのだが、いざ、指に貼ろうとして、絢はぶちキレた。ピッグに言わせれば、いきなりだったという。絆創膏がピッグの頭の上を通過して窓に張りついた。

「腹立つ！　ああっむかつく！」

クッションを壁に投げる。ゴミ箱をひっくり返す、カーテンを引きむしる。

他人の傷ばかり手当てしてきて、いざ自分の傷をとなると、まともにできない。誰も自分のケガは診てくれない。誰にも心配してもらえない。

そう喚《わめ》いた。

ちなみにピッグは、あたしが貼ってあげるのに、と頼ってもらえなかったことを不満に思ったそうだ。

薫はその時、嫌味ではなく反射的にピッグの前足を一瞥したが、幸いにもプライドの高い犬は、それには気がつかなかったらしい。

つけっぱなしのテレビからアニメ「ブルームーン」が流れていた。その主人公、九龍。普段はおとなしい高校生だが、いざ、ことが起こると変身し、パーティーを率いて地球を守ろうとする勇姿に絢は目を奪われる。

アニメのキャラクターたちは目的を持って生きている。生身の自分よりよほど生き生きとしている。気がつけば、絢はアニメを最後まで見ていた。おまけに泣いていた。自分がアニメを最後まで見るなんて、感動するなんて、信じがたかったが、一方で、すっきりもしていた。それからすぐにスマホで検索し、ＤＶＤを初め、イラスト集、グッズを集め始める。絢はまるで生きる目的ができたみたいに夢中になった。

ほっぺたをくっつける回数は減ったけど、絢ちゃんが元気になったからいいの、それにずっとほっぺたが濡れてるのも気持ちがいいものじゃないし、とピッグはうそぶいた。

初冬のことだった。友だちと出かけて帰ってきた絢は、鏡を何時間も覗きこんでいた。何か困った事態が起こったのだろうかと、ピッグは絢の隣に割りこんで鏡の中の絢と本物の絢を見比べた。

絢は、ピッグに、というより独り言のように目と鼻がね、と呟いた。

次の非番の日。朝早くから外出していた絢が、夕方に帰ってきた。目や鼻が腫れており、顔が様変わりしていたので、ピッグはてっきり知らないひとだと思って、ナンダコノヤローと吠えた。

が、ピッグをなだめる声は間違いなく絢だったし、においも絢であることを証明していた。

三日ほどで腫れはひいた。そこに絢の面影を見つけることはできなかった。絢は鏡を覗きこんで、泣いた。

ピッグは深く同情した。これだけの変貌を遂げたということは、痛みも相当なはずだ。三日経ってもひかないほど。

痛みに関しては同情したものの、顔が変わったことに関してはすぐにどうでもいいことになっていた。どんな顔だろうと絢は絢だったからだ。ほっぺたのぬくもりも柔らかさも絢のそれのままだったからだ。それでも絢が泣くのなら、すでにあっちのほうを手術していたピッグは、「体が変わっちゃったことに関しては、あたしのほうが先輩だからいつでも頼っていいわよ、差し出せるほっぺたはいつでも用意してるんだから」とほっぺたを通して伝えた。ちゃんと伝わったかは分からないけれど。

とにかく、あたしは絢ちゃんを応援するわ。


その話を、陽太と絢が外に出ていた時にピッグから聞いたそうだ。

「私が社長に同行を許していただいた理由は、絢さんが気になったからです」

「ん？」

「初見で、疲れて弱ってイライラしているようにお見受けしたからです。もしかしたら、ピッグが何か知っているんじゃないかと思ったのです」

陽太は、薫の実母との事情を思い出して口を噤んだ。薫の母親も四六時中疲れて弱って、いらついていたらしい。

注文した料理が運ばれてきた。

「森の散歩道　シェフの気まぐれリゾット」である。今の時点で食べられるものは粥《かゆ》ぐらいなのだった。

気まぐれと冠しているだけあって、白粥の中に、赤い梅干しと黄色い菜の花と緑の葉っぱがぶちこまれている。

気まぐれの名に恥じてないな、感情のこもらない目で眺めていると、店員は、陽太の気持ちを読んだかのように「当店流の三色七草です」と説明した。シーズン先取りなのか、シーズン遅れなのか七草。

「それから、ピッグが社長を目の敵にしてるのは」

粥に手をつける前に、薫が続ける。

「社長に絢さんを再び取られると危機感を持ったかららしいです」

「まあ……そんなとこだろうな」

薫が視線を上げる。

「ピッグはまた、取られるんでしょうか」

陽太は渋面を背けて、眇めた目で薫を見る。

「取るか。余計なこと心配するな」

「はい、申し訳ございません」

「……つか、なんだよ心配って……」

呟いた陽太の声は、薫には届いていなかったようだ。薫は木製の匙《さじ》を手にし、すでに食事を始めていた。黙々と食べるその様子は、うまそうにもまずそうにも見えない。フラットである。

陽太も匙を手にした。

三日ぶりの温かい食べ物だった。

腹が温もった。

帰りは速度を守り、追い越しもかけず、クルマの流れに乗った。

交差点の信号が黄色になったのが見える。ブレーキに足を置く。信号は順番通りに赤を経て緑に変わり、陽太はアクセルを踏む。

季節も順番通りに巡る。

だが、巡ってくる新春に、七草粥を親父は味わえない。


その日。

絢は十時五十分の岩手飯岡駅発の電車で盛岡へ行き、新幹線に乗り換えて仙台へ上ることになっていた。玄関には、衣装を入れているのだろう、キャリーケースが用意されていた。

絢は陽だまりのピッグをなでる。一緒にいてあげられなくてごめんね。でもあたしたち今までずっと一緒だったんだから、最期は別々でも構わないわよね。語りかけられているピッグは目を閉じ、身じろぎひとつしない。

「薫さん、ピッグは何か言ってる?」

絢の背後に正座して控えていた薫は、ピッグに目を転じる。ピッグは転寝しているような顔をしている。意識がもうろうとしていて状況をとらえられていないようだ。

「いいえ」

薫が答えると、絢は長い息を吐いて軽く頷いた。床に腹ばいになると、ピッグの頬に自分の頬をくっつけた。

「あったかい……」

目を閉じてしばらくそうしたのち、身を起こす。

時刻を確認して衣装を詰めたキャリーケースを手にした。駐車場には、タクシーが待機している。

「じゃあ、お願いします」

殊勝に、陽太に頭を下げた。

「ああ」

絢は振り返ることなく出ていった。

風邪が治りかけていた陽太はマスクを外し、フリスクを口に放った。昨日より、目鼻に染みない。すうっと鼻通りがよくなったその時。

はっとした。ピッグを見下ろす。腹の上下運動はおとなしく、鼾も弱い。

「間違えた……」

陽太の口からこぼれたその言葉に、ピッグを眺めていた薫が顔を上げる。

「や……べぇ、間違えたっ」

陽太はピッグを抱き上げようとするが、ピッグは激怒し最後の力を振り絞って暴れる。薫が抱き取ってピッグの言葉を通訳する。

「『お前には触られたくない無礼者』だそうです」

「何が無礼者だ、おめえの面のほうが無礼じゃねえかっ。って、今何時」

薫は九龍くんポスターの上にかけられた電波時計を見上げる。

「十時二十八分です」

「行こう」

どこへとも説明せず、陽太は部屋を飛び出す。ピッグを抱いた薫がついてくる。パオに飛びこむ。薫が助手席に滑りこみ、ドアを閉め、シートベルトに手をかけたところで、陽太はアクセルを踏んだ。

岩手飯岡駅まで普通に走って十二、三分。電車が出るのが五十分。大丈夫だ、余裕で間に合う。

……と勘定していたのに。

こういう時に限って信号は赤を連発。しまいにはあと七百メートルといったところで渋滞につかまってしまった。

イライラして、フリスクをザラザラと口に入れる。

「社長、ピッグを、絢さんに会わせるんですね？」

確認されて、薫に目的を説明せずについてこさせたことに気がついた。

「オレが言うこっちゃねえけどお前、どこへ行くかも知らないでついてきたのか」

「はい」

まっすぐに自分を見つめる薫。そこには一切の迷いも、疑いもない。

ピッグを一瞥する。よだれを垂らしたブルドッグの目の焦点は合っていない。鼻息の間隔が広い。首の力が抜けている。今や薫の肩に顎を引っかけているだけだ。

「おい、犬はなんて言ってる」

「頼んでます。『絢ちゃんに会いたい』と。『連れてって』と、頼んでます」

ピッグは生と死の狭間で、よだれの糸にしがみついてギリギリ生に留まっている。

「社長、そこの駐車場が空いています」

薫がラーメン屋の駐車場を指す。数台分の空きが見えた。

陽太はバックミラーを確認して、ハンドルを切り、前のクルマのバンパーを掠《かす》めるようにして駐車場に滑りこむ。

クルマから降りた陽太は助手席へ回りこんだ。八キロのピッグを担ぐのは、薫にはきついはずだ。

「貸して」

ピッグへ手を差し伸べながら言う。「よおピッグ、連れてってやるから我慢しろ」

「お願いします」

薫から抱き取った。プライドが高く、陽太のことを嫌っているピッグは、少しだけ体を強張らせたが威嚇しない。ピッグを肩に担いで駆け出した。

もたれる重さに、自分を信頼しているのが伝わってきた。

病院の駐車場や民家の隙間を縫って岩手飯岡駅目指してひた走る。

間に合え間に合え間に合え。生の時間は削れていく。踏んだ地面が背後から崩れて迫ってくるようなイメージが陽太を急き立てる。ピッグの顎が肩にぶつかる。頭を押さえつける。ぬくもりを確認する。

最期は、あいつの腕の中で逝《せ》かせてやりたい。ピッグが今生《こんじょう》の最期に見るのは絢であってほしい。ペットにとって、最期にその目に映したいものは、耳にしたいものは、感じたいものは、信頼した飼い主の姿、声、ぬくもり以外にない。どんな飼い主だろうと、ピッグが会いたいと思っているならそれは、こいつにとって最高の飼い主なんだから。

死ぬなそれまで死ぬな。

この仕事を始めて、初めて陽太はそう願っていた。

タクシーとすれ違う。畑が広がり、圧倒的な広さの青空を背景にしたコンクリート剥き出しの新幹線の線路下に、白くて小さな岩手飯岡駅が見えてくる。タクシーが出入りするロータリーの歩道を走る。寒さを防ぐために駅舎はアルミ製の扉を閉めている。中に電車を待つひと影が見えるが、絢の姿はない。絢の姿を探して視線をずらせば、上り線のホームのフェンス越しに、下り線のホームへ通じる階段を上ろうとしている絢を確認した。

「絢！」

呼んだが、絢には届かないようだ。彼女は空を見上げた。それから階段へと足を踏み出す。

「絢ぁぁぁぁああ！」

あらん限りの声で呼ぶ。絢がビクリとして振り返る。ピッグを米俵《こめだわら》のように担いで走ってくる陽太の姿に、あんぐりと口を開けた。

「間違えたぁ！　今だ、こいつ今死ぬんだ！」

絢の目が見開かれる。荷物を投げ出して駅舎に駆け戻る。

電車の入線を知らせる音楽が鳴り響く。

絢が駅舎の扉を開け放つ。

その絢に駆け寄ろうとした時、つま先が点字ブロックに引っかかった。

ピッグを担いだまま前のめりになる陽太。

ぐんと迫る地面。

駅舎から飛び出してくる絢。

陽太は、咄嗟に体をひねりながら、絢へ向けてピッグを放った。

入線してきた電車の金属音が耳をつんざく。

陽太は肩から倒れた。すぐさま顔を上げる。

目に入った光景に、ホッと力が抜けた。

そこには、駅舎を背にして座りこみ、ピッグを抱きしめる絢の姿があった。

薫が追いついて陽太のそばに立つ。立っただけで特に、助け起こそうという気はないらしい、黙って絢を見つめている。

絢は、ピッグの頬に頬を合わせ、震える声でピッグの名を呼んだ。ピッグが満足げな鼻息を吐いたのが、陽太の耳に届いた。

発車ベルが鳴り響く。

電車は、誰も乗せないままレールのつなぎ目の音をリズミカルに響かせ、複線の線路を遠ざかっていく。

ピッグは絢の頬を感じながら、生の幕を閉じていた。


ロータリーの端にあるドーナツ形のベンチに腰かけ、ピッグを抱いて放心している絢。八キロを一度も下ろすことはない。

陽太は自販機からペットボトルの水を三本買って絢と、薫に差し伸べた。絢はピッグの亡骸から視線を外すことがなく、ペットボトルに気がつかない。陽太はペットボトルを引っこめた。薫は礼を言って受け取るとすぐに口をつけた。無表情ながら、喉はちゃんと渇いているようだ。絢をはさんで陽太と薫も腰かける。

ロータリーで客待ちをしていたタクシーも、昼食を摂るためなのか、次の電車が入ってくるまでほかで流すつもりなのか、いつの間にかいなくなった。

小さな鳥が二羽、囀《さえず》りながら、青空へ高く舞い上がっていく。作物が刈り入れられ、土が露わになった畑を風が渡ってくる。

「あたし、甘く見てた……」

絢がこぼした。

「いつもいつもひとの死と向き合ってたから、別に平気だって思った。まさか、こんなにも堪《こた》えるなんて」

ペットボトルに口をつけながら、陽太は絢を見やる。絢はピッグのほっぺたに頬を合わせて、冷たくなっていく、と呟いた。

こういう商売してるから寿命が尽きることに抵抗はないと絢が淡々としていたのを、陽太は思い出していた。

響き渡るトンビの声に、陽太は空を仰ぎ見た。透き通った水色をしている。

「さっき、一瞬、空見たな」

絢が答えるまでに少し間があった。

「整形してから、あまり空を見ることがなかったなあって気がついたの。なんでだろうね、自信持ったはずだったのに、前より下ばかり見てる」

絢の向こうで薫は、髪の毛を風にそよがせながら、トンビを目で追っている。

「あたしいっつもこうなんだよね。ひと前では背中に力入れて顔を上げてるけど、家に帰れば、下ばっか見てんの。ああしたらよかった、なんでこうできなかったんだろうってウジウジ考えちゃうんだよ」

絢はため息をつく。陽太は絢の分のペットボトルを開けて差し出した。絢が受け取る。

「今もそう。もっとピッグにしてあげられたことがあったはずなのに。何にもしてあげられなかった。独りぼっちにさせる時間が多くて。だからあたしが帰った時の、あのはしゃぎよう。うざいって思ったたし、ピッグの相手をするより一分でも早く寝たかったたし。正直、ピッグが骨折した時真っ先に思ったのは、面倒なことになった、だった。ひどいよね」

ピッグを見下ろして、看護師が考えることじゃないよ、ひどいんだよあたしは、と頷く。

陽太はフリスクを齧《かじ》る。

「看護師だって、ひとだからな……。血が通ってりゃ、そういうことだってあって不思議じゃないんじゃねえの」

絢は陽太を見て、ピッグに顔を戻した。

水を飲み干した薫がおもむろに立ち上がり、絢へ近づいた。陽太は薫の動きに気がついていたが、あえて何も言わなかった。

薫はポケットからハンカチを出すと、抱かれているピッグの口を開けて、詰め始めた。

呆気に取られていた絢が、我に返り、目くじらを立てる。

「ちょっと、今ここで？　やめてよ」

絢が、肩で薫の手からピッグをかばう。薫は回りこみ、続ける。

「仕事ですから」

そうですよね、というように薫が絢を見た。看護師の絢は息を詰め、口を強く引き結んだ。


助手席にピッグを抱いた絢、後部座席に薫を乗せて真立のアパートへ戻る。

「ピッグが、岩手飯岡駅に向かう途中で言いました」

薫が不意に発言した。絢が後部座席を振り返る。

「何を言ったの」

「おおっと、こっからは別料……」

陽太が口を出す。絢が陽太に視線を切り替える。

「……あ、いやなんでもない」

薫はちらっと陽太を見て、それから絢に顔を戻した。

「『あたし、ひとりでごはん食べられるし、ひとりで遊べるのよ』」

絢が息をのむ。

「ごはんの袋を破ったり、ゴミを散らかしたりしたことを言ってるんだ。あたしが、疲れてるって分かってて自分でやろうとしてたんだ……。あたしを困らせようとか、煩わせようとしてやってたんじゃなかったんだね」

絢はピッグを見下ろす。口にハンカチを詰められて目をつむっている。もう二度と自分を見つめてくれることのない目。やかましくて健やかな鼾も、これからは聞けない。ピッグの頬に頬を寄せ、さっきよりまた冷たくなった、と呟く。

「たぶん、ピッグは全部分かってた。あたしの汚い気持ちも見てた」

大きな目からぼたぼたと涙が落ちる。過去、一度も涙を落としたことのなかった絢の泣く様を見ないように、陽太は前を見据えた。

「ただひとつ、ピッグが読み違えたのは、整形したあとで泣いた時のこと。あれは、切った痛みからじゃない」

顔が変わると、消え去った過去の自分——おにぎりを齧りながらレポートを書いたり、先輩看護師に怒鳴られたり、患者さんにありがとうと感謝されたり、ピッグと一緒に歩いたり、愛しいひとと抱き合ったり、その時々で精一杯生きていた自分——が突然悪者になった気がした。悪いからメスを入れて消したのだ、と。そう思ったら泣けてきたのだ。

「だからあたし、整形した自分を必死に肯定しようとしたんだよ」

あたしは、一度大きくあたし自身を否定したの。だから、否定を覆し肯定しようとするのは、並大抵の苦労じゃなかった。

「陽ちゃん、整形ってやっぱり悪いことだったのかな……」

力なく、絢はこぼした。陽太はサイドミラーを確認して右折する。

「ひとによるんじゃねえの。そのひとの生き方だし、絢の生き方だろ。それにオレは他人の生き方を批評しない」

他人、と陽太が口にした時、絢は自嘲を浮かべた。

「『あたしはあたしが好き』」

薫がそう、続けた。

車内がしん、とした。

「は?」

陽太がバックミラー越しに、突っこみ交じりに聞き返す。

「何それ、宣言? 何の宣言?」

「分かりません。ピッグが『あたしはあたしが好き』と、強く訴えてました」

「あたしは、あたしが好き」

絢がなぞった。

涙を残した目が見開かれる。その目でまじまじとピッグを見下ろした。

「そういうことだったんだ。ピッグは、読み違えたんじゃなかったんだ……っ」

鏡の前で泣いたことを、痛みのせいだとピッグは言ったが、それは、外傷の痛みについてではなかった。

絢の気持ちの痛み、泣いた本当の理由を読んでいたのだ。

絢が薫を振り返る。

「あなたが伝えてくれたピッグの言葉で、自分自身をキュートだと評したのは、見てくれのことじゃなかったんだね」

自信満々のブルドッグが見ていたのは、いつだって内側だったのだ。

「『絢ちゃんは、可愛いねってあたしに言ったのに』、の続き、分かったかも。『どうして絢ちゃんは自分に可愛いねって言わないの』でしょ」

ピッグがその全てで伝えていたことは、自分を好きになることだった。

薫は静謐《せいひつ》で真摯《しんし》なまなざしを、絢に注いでいる。

顔が変わった絢に驚いたものの、ピッグは「ノープロブレム」とした。ピッグにとってはどんな外見をしていても絢は絢なのだ。そこに区別はない。

絢の部屋にはピッグを送るための色とりどりの花と、蓋を開けた状態の棺桶が置きっぱなしになっていた。窓から注ぐ清潔な光が、部屋全体を満たしている。

絢は窓際のピッグがいつも横になっていた場所へ視線を向けた。澄んだ光は空っぽのそこにも静かに留まっている。

「で、結局彼女は、フェスに行かなかったの？」

別の現場の業務報告書を入力しながら、柚子川が気にする。

「どうだろうな」

陽太も自分のパソコンに向かっている。

「薫さん、九龍くんとやらは、そんなにいい男だった？」

柚子川が隣の席の薫に尋ねる。薫も部屋のポスターは見ていた。

「いい男だった」

答えたのは陽太だ。「オレの次ぐらいにイケてた」

柚子川が薫に目配せする。薫は笑みを返す、柚子川の表情を真似るように。

「まあ、趣味があったほうがいいもんね。生活に張りが出るから」

「趣味ねえ……柚子川は料理の趣味で嫁捕まえたしなあ」

柚子川は料理教室で現在の妻と出会ったのである。

レーザープリンターから出てきた報告書を陽太に渡すと柚子川は、

「その奥さんが待ってるからお先しまーす」

と、空の弁当箱の包みを手に帰っていった。

薫からも報告書を受け取る。

「絢さんには今メールしました」

「了解」

席に戻った薫は、イスからコートを取って羽織った。

陽太が、送ってくと申し出ない時には、薫は徒歩で帰っている。前は頻繁に送って行ったり、迎えに行ったりしていた。薫が危うく見えたからだ。ふらふらっとどこかへ行ってしまうとか、連れ去られるとか、霧のように消えてしまうとか、そういう印象があった。そして本人のそうなってもいいし、ならなくてもいいというスタンスも透けて見えていた。言ってみれば、執着がない。生に対してさえ執着を持っていないようだった。今はそうでもない。

だから以前ほど送り迎えはしなくなった。

「お先に失礼します」

「はいよ」

電話が鳴った。電話に近い薫が出る。はい、はい、と返事をして陽太に受話器を向けた。

「絢さんからです」

陽太は席を立って薫から受話器を受け取った。

『陽ちゃん、今報告書もらった。あたしも一緒にいたのに、わざわざありがとう。ピッグのアルバムになるよ』

「今、家？」

『うん』

その陽太のちょっとした間を読んだのだろう、絢が『今回は、ピッグのそばにいることにした。来年は行くかもしれないけど』と続ける。

『あたし、ピッグに自分を重ねてたんだよね。それで憐れんでた。でもこの子は、自分が可愛いって断定してたんだから、憐れみなんてくそくらえだったんだ。そう思ったら、救われた』

絢は温かな笑い声を上げた。やはり、絢はしっかりしている。そういうやつだからこそ、何かに頼りたくなるのかもしれない。ひとりで楽に立ってるように見えて実はぎりぎり踏ん張っているのかもしれない。

『いろいろ、ありがとう。ほんとに、ありがとうね』

何か優しい言葉や励ましをかけたほうがいいのか。

『あんたのガラにもない慰めを聞きたくて電話したんじゃないから切るわ。薫さんによろしく伝えといて。じゃあね』

プツリと切れた。

さすが看護師だ。心情を読むのに長《た》けている。

電話を切ると、今度はスマホが鳴り響いた。

画面には、実家の文字。

またか。

通話ボタンを押すと、すぐに佳乃の震える声が発せられた。

『お父さんが、入院したの』

神経質で、硬い口調だ。

「南病院?」

すぐ行く、と陽太はコートを取るために身を返して小さく叫んだ。

薫が立っていた。危うくぶつかりそうになって身を引く。

「おっ、お前、まだいたの」

「はい」

「もう帰っていいって。オレも帰るし」

「お父さん入院されたのですか。今から行くんですか」

いつもは無表情な薫が、真剣な顔で尋ねる。陽太は薫を掠めてコートを手にする。

「うん、様子見に行ってくる」

ドアへ向かう陽太に薫がついてくる。明かりを消して、セキュリティーをかける。階段を下りて駐車場へ急ぎ、あとづけのリモコンロックでパオを解錠する。運転席に滑りこんだら、助手席側のドアが開いて薫がじゃん、と座った。

「え、何してんの。今日は送ってけな……」

「私もご一緒してよろしいでしょうか」

「いや、病院だっつってんでしょ」

散歩だと勘違いしている犬に言い聞かせるように言う。

「はい」

「……分かってんならいいけど」

陽太は小首をひねりながら、ギアを入れた。

車内では会話はなかった。

南病院に着いたのは七時半。見舞いは八時まで。

入り口のど真ん中にアルコールスプレーと使い捨てマスクが用意されている。入院病棟のエレベーターを降りたそこにも同じように設置されていた。普段はなんとも思わないのに、なぜか今日は物々しく感じる。

病室は四人部屋だったが、ベッドはふたつ空いている。もうひとつはカーテンで囲われていた。

廊下側のベッドに横たわる智雄を、簡易イスに腰かけた佳乃が覗きこんでいた。

「どお」

声をかけると、佳乃が振り向いた。

「陽太」

陽太の背後にいる薫に気がついて、怪訝な顔をしながら腰を上げる。そちらは？　と目で問われた。

「社員」

あっさりとだけ説明してすまそうとしたが、薫が「小島薫です。その節は」と生真面目に自己紹介したものだから佳乃の目に険が浮かんでしまった。子ども時代の薫と、今の薫が一致したらしい。事故を起こしたのは母親なのに、母親と娘を分けて考えるということができないようだ。

「どうしてあなたが」

陽太はそんなことより、と佳乃に聞く。

「で、親父は」

「急に痛みに襲われたみたいで、脂汗かいて倒れて。救急車呼んだの。今、痛み止めを打ってもらって、眠ってる」

陽太は智雄に視線をずらす。智雄は眉間に深いしわを刻んでいる。真っ青だ。においは……先日と変わらずその日へ向かって着実にカウントダウンしている。

途中まで血が逆流しているように見える点滴の管をたどる。吊るされたパックの中の液体は、半分を切っている。

「今夜一晩はお母さん、お父さんについていたいの。でね、家でむぎがお留守番してる」

陽太は頷いた。

「分かった、見てく」

「お願いね。むぎ、寒がりだから暖かくしてあげて。お母さんがいないと鳴くかもしれないし、落ち着かないかもしれない。不安がったら事情を話して抱きしめてあげて」

陽太は笑って頷いた。まるで我が子である。佳乃は薫に目を転じた。

「で、なぜ小島さんが？」

「心配だったので」

陽太が答えるより先に薫が答えた。

「心配？　なぜ」

「薫行くぞ」

佳乃は詳しく事情を聞きたそうだったが、引き留めなかったのは、病人の前だったこともあるし、家に残してきた我が子の元へ早く駆けつけてほしいという思いもあったからだろう。

家へ向けてクルマを走らせる。

「心配って、親父が？」

さっきの薫の言葉の意味を聞く。

「いえ。社長が」

「オレ？」

「はい」

薫が、自分を心配するということに陽太は戸惑う。

「何が心配なんだよ。少なくともお前に心配されるほどオレは危なっかしくねえよ」

交差点を通過する。

「社長、今信号赤でした」


明かりの消えた家に着いて、アプローチを玄関へ向かう。中からむぎの吠える甲高い声が聞こえてきた。足音が佳乃や智雄のものではないから警戒しているのだ。

鍵を開けてドアを引くと、暗い廊下に、四つ足を踏ん張って吠えるむぎがいた。ここから先へなんぴとたりとも通すまじとの勢いである。

「むぎ、オレだ、ここの長男です」

むぎは少し思い出したようだ。勢いが削がれた。

薫が手を伸ばすと、むぎは警戒しながらも吠えるのをやめ、注意深く鼻を寄せた。

「小島薫です」

静かに挨拶をすると、むぎは薫の顔を見上げた。黒目勝ちの目でまっすぐに見つめ、鼻を二回、つんつんと上げる。敵ではなさそうだと判断したのが陽太にも見て取れた。

「私はこれで帰ります」

「え」

ほんとにオレが事故らずにここまで帰ってくるのを見届けるためだけについてきたのか。

むぎが、薫に向かって吠えた。薫はゆっくりとしゃがみこんで、むぎの顔を覗く。

むぎが前足を差し出した。薫がその手を握る。立ち上がった。陽太を見上げる。

「それでは」

「ああ。とりあえずありがとう」

「お役に立てて何よりです」

薫は一礼して出て行った。ドアが閉まってから、見送ったほうがよかったのか、と思った。思ったが外に出る気にはなれなかった。そーゆーとこっ、という絢の声が耳に蘇り、陽太は頭をかく。

爪の音をさせて滑りながらリビングへ向かうむぎのあとをついていく。床にはうっすらとむぎの爪痕がついていたが、掃除が行き届き艶《つや》がのっていた。

明かりとエアコンをつける。よほど寒かったのだろう、むぎはエアコンの下にまっしぐらに駆けていき、崇《あが》めるように見上げて待つ。少しして吹き出した温風に毛をなびかせた。

リビングの状態は散々なものだった。ラグの端がめくれ、クッションが床に転がり、コップが倒れて水がこぼれていた。錠剤が入っていたＰＴＰシートが数種類、散らばっている。

よほど慌てていたのだろう、普段の佳乃ならこの状態は絶対にありえないことだ。シェルフに飾ってある、色褪せた家族の写真を手に取る。

「うわあ」

こうして改めて見ると、気恥ずかしい。

家族みんなで写真を撮ったのは、智雄が渡航する直前だ。この日はいい天気で、晴れが大好きな智雄は特に機嫌がよかった。

智雄が大きく口を開けて笑い、佳乃と小学校一年生の陽太の肩に手を置いている。この時の手を何となく覚えている。どしっとして、熱かった。

智雄は堂々と自信に満ちあふれている。その二十年後に自分がこの世から去るなんて、この時点では考えようもないだろう。自分が必ず死ぬと本気で考えているひとなどいないだろうし、また、そうじゃなきゃやってられない。

陽太は、小学四年生の事故以来、ひとは永遠ではないという法則を嫌というほど叩きこまれてきた。

いつまでこんなものを飾ってるのか。籐《とう》のゴミ箱に放りこんだ。写真立てがあった周辺に埃がないことに気づいた。佳乃が毎回この写真立てを手に取って掃除をしていることが窺える。

陽太は写真立てをゴミ箱から拾い上げ、元の位置に戻した。

視線を感じてゆっくり振り返れば、さっきまでエアコンに正面を向けていたむぎが、こっちに体を向けて陽太を静謐な目で見つめていた。


スマホの着信音で、陽太は目を覚ました。

毛布をかけてラグの上で寝ていた。カーテンのすき間から朝日が差しこんで、ちょうど陽太の顔に当たっていた。眩《まぶ》しさに顔をしかめる。

すぐ鼻先に白とこげ茶の毛玉があった。身を起こしてまじまじと見るとむぎの尻である。彼は丸くなって寝ていた。むぎを押しやって身を起こし、スマホを取る。八時を回っている。

画面に表示された相手は佳乃だ。

『お父さんが目を覚ました。今は落ち着いていて話もできるの』

声に安堵が滲《にじ》んでいる。陽太は相槌を打つ。

むぎがそばに来た。ぺたりと座ると、陽太を見上げる。少し首をかしげて耳を細かく動かす。電話の声に耳を傾けているのがよく分かる。

『それから、ごめんね陽太』

「何が」

『あなたを、家にいてくれないから薄情とか詰って』

陽太は苦笑いする。むぎが前足で、そっと陽太の腕をかく。

「いや、ほんとのことだから」

『お父さんが言ったの』

陽太はぼくが何月何日の何時に死ぬか正確に把握してるんだ。きっと毎日カウントダウンしてしまうはずだ。そのカウントダウンしている自分が、ぼくたちの前にいたら、ぼくたちのほうがまいってしまうだろう。彼はひとりで抱えることにしたんだよ。そういう覚悟と勇気があるんだ。ぼくは――。

『陽太を誇りに思う』

陽太は、スマホを耳に当てたまま、目を閉じた。


むぎを散歩に連れて行った。前を行くむぎは何度も振り返る。散歩相手が智雄じゃないから違和感があるのだろう。

むぎにただついて行く。むぎは時折、畑の土手に立ち、渡ってくる風に鼻をひくつかせる。住宅街を避け、農道や、未舗装道を行く。土の道は足に優しい。

親父は、こういうところを毎日歩いていたんだな。

むぎが排泄をする。うさぎの糞のような丸いそれだった。両親が不在だからストレスがかかっているのだろう。明らかに元気がない。

「おい、お前いつまでそんなお祭り騒ぎのリボンつけてるんだ」

挑発してみると、むぎは振り返って吠えた。ちょっと元気になったようだ。

「お前の『お母さん』はもうすぐ帰ってくるからな」

むぎが「お母さん」に反応して尾を振る。続きを促すように輝く目で陽太を見上げて待っていたが、陽太は「お父さんも」とは続けずに歩き出した。むぎが追い抜いて、家に向かってまっしぐらに駆け出した。

ひとり部屋に移された智雄は、一日のほとんどを寝ているようになった。起きている時間は減り、その少ない時間も寄せては返す幻覚の波に揺られながら、刻一刻とこの世から離れていくようだった。

死まで残り三日となったその日。陽太が見舞った時も父親は眠っていた。痛み止めを一段階強くしたらしい。

立ち去ろうとした時、

「そういえば」

と背後から掠れた声がして、飛び上がった。

智雄は夢の中を彷徨《さまよ》っているような顔を窓へ向けていた。佳乃からの電話では、窓付近に黒いひとがいて病室を覗いているなどと訴えているらしい。

手すりの向こうは水色の空が広がっているだけだ。残念ながら黒いひとはいなかったが、滑空していくカラスならいた。

出し抜けに、何がそういえばなのか。

陽太はベッドのそばに戻ってイスに腰かけた。

「ぼくは、君がやってる仕事がいまいちよく分からないんだけどね。どういうことをしてるんだい」

ぼんやりした口調だったが、この状態になってさえ仕事のことを真っ先に聞いてくる智雄が、憐れであり、また、諦観交じりの納得もできた。やはり智雄は智雄だと。

思えば、今まで智雄と仕事の話をしたことはなかった。

智雄は佳乃を通じて聞いていたにすぎない。佳乃とて、よく分かっていないようだったので、分かっていないひとの説明ではさぞかしちんぷんかんぷんだったことだろう。

自分の仕事を、今の智雄に話してもいいのか迷う。

智雄は窓へ向けている目を細めた。

「今日は、いい天気だね。イベント日和だ」

切れ切れの雲が浮かぶ水色の空は、安らかで、退屈で、まどろんでいるように見える。

――父親を信じることにした。

ペットの看取りをやってるのだと説明した。

「昨日は、飼い犬の死ぬ日と、姪《めい》の出産予定日が重なることになるお宅の打ち合わせ」

智雄は、削げ落ちた頬を緩めた。

「なんて素晴らしいんだ。そういうことだな」

「そういうこと?」

「ああ、そういうことなんだよ」

智雄は陽太に焦点を合わせ、目を細める。元気な時と比べて、驚くほどしわが増えた。皮膚は、握り潰された土色の折り紙のようだ。

佳乃が整えているのだろう、ひげは剃られてさっぱりしている。

佳乃は智雄の世話をしながら、覚悟を固めていっているのかもしれない。

陽太はベッドサイドのキャビネットに活けられた花を見つめる。ツルはなく、すくっと立って顔を上げているしっかりした花だ。

どうだい、と、智雄が言ったので、陽太は顔を戻した。

「ぼくは病気になったらさらに男ぶりが上がっただろう」

智雄はウィンクした。

「ぼくはモテモテでね、美人の看護師さんたちにそりゃあ優しくされてるんだよ」

当たり前だろう、病人に辛く当たる看護師がどこの世界にいるか。陽太は腕組みをしてこめかみをかく。

智雄は、病人とは思えない穏やかな面持ちを窓へ向けた。

そういえば、と陽太は改めて気づいた。

オレは穏やかなこのひとしか知らない。自分の父親の欠片《かけら》しか知らず、別れるのだな。

智雄が、陽太に手を差し伸べた。なんだろう、と首をかしげてその手を見下ろすと、智雄が「shake hands」と手のひらを上に向けて指を動かした。

陽太はその手を握った。父親と握手をするのは初めてだ。

細かく震えているのは、智雄なのか自分なのか。

「向こうでは、こんにちはも交渉成立も、たいてい握手をしたものさ」

「仕事人間」

陽太が切り返すと、智雄は眩しそうな笑みを浮かべた。

「それから、あなたに会えて嬉しい、も、さようなら、もね」

陽太は自分の手を握る父親の手を見つめる。その手は、うろ覚えだった二十年近くも前の肩にのった手をはっきりと想起させた。

あの時の手はずしりと力強かったのだ。

それが今はひどく華奢《きゃしゃ》。

だが、手のぬくもりだけは、あの日と全く変わっていなかった。


気にされるのが煩わしいから、陽太は智雄が死ぬ日時をふたりの社員には教えていなかった。

その日、いつも通り、打ち合わせと称して事務所を出た。

病室に赴くと、すでに医師と、絢と、もうひとりの看護師が控えていた。佳乃が智雄の手を握っている。

午前九時。

父は母と手をつないで息を引き取った。

臨終を告げた医師は、あとのことを絢ともうひとりの看護師に任せて出て行った。

佳乃はパニックを起こさなかった。もうひとりの看護師に慰められて智雄から離れた。

陽太は病室をあとにする。絢が目で追いながら、陽太の名を呼ぶが、陽太は振り返らなかった。

この時間はまだ誰もいないだろうと、最上階のカフェスペースへ足を向けると、真ん中のテーブル席に、窓の外を眺める女性の姿があった。陽太は目を見開く。

「薫、何してんだ」

声が掠れた。薫が立ち上がる。窓の外をカラスが横切った。

「カラスが、告げたので来ました」

「カラスに呼ばれたのか」

「いいえ。カラスは知らせてくれただけです」

陽太は大きな窓の前に立った。その部屋は、半円を描いて空中に突出している。街と霞《かすみ》がかかる山が一望できる。昨日降った雪が思いがけず多くて、町は真っ白だ。

「柚子川のクルマで来たのか？」

「いいえ。タクシーです」

陽太はわずかに目を見開く。マジかよ……。

「わざわざ来なくてもよかったのに」

陽太の強がりを背後の薫は聞いているのかいないのか、返事がない。

それまで薄ぐもりだった空から光の筋がスッと下りる。俗に、天使の梯子《はしご》と呼ばれるものだ。

腰の高さの木製の手すりにつかまり、ガラスに額を押しつける。手すりは、深く落ち着いた色合いで、手触りが優しい。何人も何人もここでこうして手すりにつかまってきたのだ。何を思って、何を耐えて、何を喜んできたのだろう。その中には自分と同じ気持ちのひともいたはずである。

「普通さ、こういう時って、なんか慰め言ったりするもんじゃね？」

背後の薫に投げかける。薫からはしばらくなんの反応もない。下の階のざわめきが階段を伝わって聞こえてくる。医者の呼び出し、迷子の呼び出し、あらぁお久しぶりじゃないのー、退院？　おめでとう～……。

「……お父さんは、晴れがお好きだったんですね」

「なんで知ってる」

「この前、帰り際にむぎが言ってました」

陽太が息を吐くと、顔を映したガラスが少しくもった。

「雨は、あまり好まれなかったんですね」

頷く陽太は洟《はな》を啜《すす》り、涙が落ちないように天井を仰ぐ。それでも天に続く光の道が目に入ると、堪えきれない。顔を伏せ、窓に背を向けて手すりに腰かける。光の道を上って行こうとしている晴れ好きの親父に、泣き顔など見せられない。

自分の影をうつろに映している床を見つめると、ピーターラビット柄のハンカチが影を遮った。袖口から少し覗いているその手には、動物につけられた古い傷が無数にある。自分の手にも同じような傷が同じだけある。

「どうぞ、使ってください」

薫は、何があっても薫だった。感情は平淡で、口調は一本調子。それなのに。

陽太はハンカチごと薫の手を引き寄せ、抱き締めた。

それなのに、こんなにも温かい。


薫を連れて実家へ向かった。智雄が死んで二週間がたっていた。

むぎを抱いて出迎えた佳乃は、薫に深々と頭を下げた。

「あなたには失礼な態度をとってしまって、本当に申し訳ありません。それなのに、こちらの都合でお呼び立てしてしてしまって」

薫は、佳乃が頭を下げたことによって巻き起こった風に押されるかのように半歩退くと、わずかに首をかしげた。パチパチと瞬きをする。佳乃と同じ角度に腰を折った。

「こちらこそ、母がひどいことをしてしまいました」

佳乃が頭を起こした。薫も腰を伸ばす。

「薫さんと、あなたの実の母親は分けて考えるのが筋です。主人にも息子にもそう釘を刺されました。なのにあたしは」

「お気になさらないでください」

「あなたもいろいろご苦労されたというのは、あなたの伯母さんや伯父さんからお伺いしていたはずだったのに。こちらの感情ばかりぶつけて、おとなげなかったです」

「……」

薫は口を薄く開けたまま途方に暮れた。ベストな返しの持ち駒がないようだ。もともと、こういう社交が不得手なのだ。

陽太はそんな薫を眺めているのは面白かったが、時間もないのでふたりの間に割って入り、用事をすませることにした。

薫は、むぎの声を聞くために佳乃に呼ばれたのだ。佳乃はすがるような目で薫を見た。

「あのひとが逝ってから、むぎがどう思ってるか知りたくて……。短い間だったけど、夫の記憶はあるのかしら。私が知らない夫が残した欠片をむぎが持っているのなら、それを受け取りたいんです」

リビングで、出されたお茶に手をつける前に、薫はむぎと向き合ってラグの上に座った。羽子板のチャームつきのリボンを頭につけられたむぎは、先がすぼまった白い前足を浮かせた。薫はその前足を握った。

ソファーに座ってそれを眺めた陽太の手には、智雄と握手した感触が蘇る。

薫はむぎを見つめたまま口を開いた。

「お父さんとは握手をしたそうです。ぐろうばるな世界では握手をよくするからと、教えてもらったそうです」

「そういえば、よく握手してたわ。『お手』を教えてるのだとばかり思ってた」

佳乃が目元を愛おしげに綻《ほころ》ばせる。

むぎが、薫に鼻を向けて突き上げるように軽く動かす。小さい子どもが、自分の話を聞いてほしくてたまらないというように。薫が頷く。

「お父さんは、散歩の時に握手をしながらおっしゃっていたそうです」

『むぎ、君に出会えて嬉しいよ。一緒に歩いてくれてありがとう。君は幸せかい？

ぼくは、幸せだったよ。なぜなら、佳乃も陽太もぼくを自由にさせてくれていた。ふたりがぼくの人生をベストにしてくれたんだからね。

ぼくにとって最高の家族だよ』

佳乃の目が潤んだ。陽太は俯《うつむ》いて、むぎたちから顔を背けた。

「ほんとに勝手なんだから」

佳乃が指先で目元を押さえると、むぎが駆け寄り、佳乃の周りを嗅ぎ回る。

「むぎはお父さんの不在を寂しがっています。ですが、お父さんの記憶は徐々に霞んでいっているようです。それよりもお母さんが泣いているのを、強く懸念しています。ぼくはどうしたらいいかな、と私に相談しています。何をしたらいいかな、と」

小さなシーズー犬は、佳乃の膝に上がって顔を覗きこみ、涙を一生懸命に舐め始めた。

「どうしたらいいでしょうか。むぎは、あなたに何をしてあげればいいのでしょう」

佳乃はむぎを抱きしめた。

「ありがとうむぎ。抱っこさせてね」

むぎは抱きしめられながら、佳乃が泣き止むまで舐めていた。

むぎを抱いてアプローチまで見送りに出た佳乃は言った。

「考えてみれば、あたしこそ自由にやらせてもらってたんです」

赤く泣きはらした目をしたその顔には、穏やかな光があった。

家族三人はバラバラなほうを見ていた。だがそれぞれの芯は同じ場所にあった。

陽太はパオの運転席に乗りこんだ。薫が助手席のドアを開け、佳乃を振り返る。

「それから、むぎがリボンのことを気にしていました」

「お、やっとこっぱずかしいことを自覚したか。外してくれって言うんだろ」

陽太がむぎを見やり、したり顔をする。

「もうちょっと後ろにつけてほしいそうです」

「つけんのかいっ」

むぎが吠えた。

第四章　そういうこと

一件目の打ち合わせを終えた陽太は、雪の降る盛岡の街をパオで竹下家《たけした》へ向かっていた。竹下老夫婦は姪の予定帝王切開に立ち会うため、飼い犬の看取りを依頼してきた。夫婦は品があり、その話し方は落ち着いて、表情は柔和だった。対象のオスの柴犬テツをわざわざ事務所まで連れてきて見立てをさせた。

テツは十六歳。ひと換算で八十歳だ。茶色の毛は、色褪せ、毛艶もない。痩せた体に皮膚が引っかかって垂れている。顔つきは穏やかで、好々爺《こうこうや》といった感じだ。

夫婦は、テツの看取りと姪の出産を天秤にかけることに心を痛めていた。二十八歳になる姪の朝香《あさか》は、十歳で母親を、二十歳で父親を失っている。そんな朝香は竹下夫婦を慕っていたし、子どものない夫婦も彼女を大切にしていた。彼らにとって、姪は我が子のような存在だ。

打ち合わせの時に、竹下家の敷地には駐車スペースがないと聞いていたため、陽太は近所のパーキングにパオを停め、そこから三分ほど歩いて竹下家へ向かった。

竹下家は普通の建売りの一軒家だ。インターホンを押す。格子戸が細く開いて、薫が顔を覗かせた。

随分警戒した開け方だな、と怪訝に思いながら、陽太は片手を上げる。と、キャンキャンと犬の吠える声が奥から聞こえてきた。一頭じゃない。数頭の声だ。どういうことだ？　戸に手をかけて開けようとしたら、薫が、「ダメです」と戸をつかんだ。

「なんで」

そう言うや否やもう陽太は開けていた。足元を白いものが矢のように通り抜けた。ギョッとして足を引き、下に注目する。すでに何もない。

いきなり突き飛ばされた。薫が飛び出していく。

「薫！」

薫が飛び石を駆け、門扉を右へ曲がった。陽太は、誰もいなくなる家を一瞬気にしたが、すぐに薫を追う。門を曲がってすぐ、何かに膝をぶつけて転倒した。起き上がって、ぶつかったものを確かめれば、尻もちをついた薫だった。転んだようだ。

薫が立ち上がってまた、走りだそうとする。陽太はその手をつかんだ。

「待て待て、なした」

「アンナとマナとユウキが」

「誰だって？」

「犬です、竹下さんちのマルチーズです」

「テツの他に三頭もいたのか」

「逃げました」

足元を掠めて脱走したのはその三頭らしい。そうか、だから竹下夫婦は事務所で見立てを行わせたのか。

「くそっ聞いてねえぞ」

「私、こっちを探します」

「いや待て。テツがいるだろ、それに家を空っぽにしておくわけにはいかない」

彼らが帰ってくるまでテツと家にいるわけだから、当然ながら竹下夫婦からはカギは預かっていない。

「お前は家で待機だ。オレが探してくる」

「マルチーズの写真を取ってきます」

薫が家の奥から写真立てを持ってきた。

竹下夫婦とテツと三頭のマルチーズを撮った写真。マルチーズはそれぞれ赤色、黄色、青色の首輪をしている。竹下主人が二頭を抱え、夫人が一頭を膝の上にのせているが、どのマルチーズもカメラを見ていない。赤い首輪のマルチーズは主人の顎を舐め、黄色いのは今にも横っ飛びしそうに身を乗り出している。青いのはこっちに尻を向けていた。これはやんちゃだ。指示など聞く耳を持たない雰囲気がバリバリ伝わってくる。しっかりカメラ目線なのは夫人に寄り添うテツのみだ。

陽太は写真をスマホで撮って駆け出した。

「アンナー、マナ、ユウキー」

呼びながら、SNSに投稿する。

『拡散希望　月が丘三丁目　#迷子犬　探しています。　#マルチーズ　です。名前は　アンナ　マナ　ユウキ。見かけた方は、お手数ですがお知らせください』

間もなく画像と共に返信があった。が、竹下家のマルチーズとは違う。

「アンナー、マナ、ユウキー」

名を叫びながら探す陽太を、通行人が不審げな顔で見たり、目を合わせないようにして足早に通り過ぎたりする。

焦りと雪と寒さから、なんでもっと犬らしい名前をつけねんだ、と腹が立ってくる。新しい情報が入った。

『さっき三丁目幼児公園で見た気がします』

目撃された三丁目幼児公園へ急ぐ。

陽太が着いた時、降りしきる雪の向こうの、ブランコの前には、子どもをおぶった女性と、女性を見上げて尾を振る純白のマルチーズ犬がいた。犬の首には赤い首輪がはまっている。

目を凝らしながら注意深く近づいた陽太は、その目を見開いた。

「えええええっ」

子どもをおぶっていたのは薫で、子どもだと思われたのはテツだ。頭がガクガクするからだろう、テツの首に紐《ひも》をかけてその紐を自分の首に結わえている。おまけに、雪除けのつもりなのだろうが、テツに手ぬぐいのほうっかむりをさせているではないか。貧相な苦肉の策は認めるが。

「ちょっと何やってんのおおお！　お前テツにとどめさす気かー！」

薫の前にスライディングで飛びこむ。

「テツに、連れて行けと頼まれたのです」

説明する薫。

「テツがにおいを辿《たど》って私にここを教えてくれました」

恐ろしいことに、何度か雪の上に下ろしてにおいを嗅がせたそうだ。

社長としてこれはびしっと指導せねばなるまい。

「だからって連れてくるんじゃねぇよ、雪降ってるだろ寒いだろ、今何度だと思ってんの」

陽太はスマホを確認して泣きそうになる。

「ほら見なさい、マイナス五度っ。お前これ、崖っぷちで励ますふりして背中押すのと同じだからな」

「ダメですか」

「ダメに決まってんだろ」

薫はチラッと背中へ視線を送る。テツが何か訴えたらしい。

「なぜ、だそうです」

「あのな、事件とか事故はオレの予想の範疇《はんちゅう》じゃなくなるんだ。死んだあとに帰ってくる竹下さんは、テツの死亡時刻はもちろん知らない。こっちが見立て通りに死にましたって断言しちまえばそれを信じるしかない。たとえ予定より早く死んでも、だ。でもそれじゃダメなんだ、オレたちの商売はそこを誤魔化したら終わりなんだ」

テツに聞こえないよう、薫に顔を近づけてささやく。いいか、今日の二時。それ以外は認めませんっ。

薫は背中越しにテツを見やる。テツが目をつむった。

「ありがとう、と言ってます」

陽太は、瞠目《どうもく》した。

「テツが？」

「はい。社長に、ありがとうと伝えてくれ、と」

陽太は長く息を吐く。コートを脱ぐ。

「見つけたら電話ぐらいしろよ」

「携帯を竹下さんちに忘れてきてしまいました」

「忘れるな。ほら、テツを貸せ」

と、薫からテツを受け取った。

「なんで爺犬と抱き合わなくちゃいけないんだ」

ぶつぶつ言いながらテツを体の前に結び付け、コートを羽織ってボタンを留めた。肩にテツの顎を引っかける。痩せた犬はタイトなコートにも何とか収まった。薫が赤い首輪のマルチーズ・アンナに散歩紐をつける。

「今家は開けっ放しなんだろ？」

薫がポケットに手を入れた。取り出した手のひらには、カギがのっている。

「おま、これ……」

「テツが予備のカギがある場所を教えてくれました」

「テツー、知らないひとにカギのありかをしゃべっちゃダメっ。……おい、次は誰だ、どこだ」

「黄色い首輪のマナです」

陽太にしっかりと抱かれたテツはにおいを辿れなくなったが、代わりに、捕まえたアンナがにおいを追った。

路地の先から吠える声が聞こえてくる。

降りしきる雪が保護色となってマルチーズの姿を消していたが、空中に浮かぶ黄色い首輪のおかげで、そこにいると知れた。自然食品屋の前である。

「自然食品　ゆるり屋」と木製の看板が掲げられている店の入り口に黒い柴犬がつながれている。小走りに近づいていくと、マルチーズが遊んでほしそうに周りをグルグル回ったり、伏せて飛びかかる格好をしたりして気を引こうとしているのが見えてきた。

「マナッ」

陽太に呼ばれたマルチーズがハッとこっちを振り向いた。しかし、見知らぬ男だったせいかそれとも普段からそうなのか、来ようとしない。

店のドアが開いて、生成《きな》り色のエプロンを身につけた女性が携帯電話を手に出てくると、マルチーズを抱き上げた。駆け寄るふたりに顔を向ける。

「この子の知り合いですか？」

エプロンの胸元には「市川《いちかわ》」と刺繍されている。

「いえ、私たち竹下さんから頼まれた……」

陽太が説明しかけると、市川の顔が明るくなった。

「ああ、看取りのペットシッターさん。竹下のおじさまから以前に伺ってました。マナちゃんがはぐれてたから、今、竹下さんの携帯に連絡しようと思ってたとこなんです」

「懇意にされてるんですね」

「竹下さん、たびたび当店の食品を姪御さんに送ってらっしゃったんですよ。姪御さん想いのご夫婦でねぇ」

陽太の襟元から顔を覗かせているテツを見て、心細そうに顔を歪めた。

「てっちゃん、いつも来てくれてありがとうね。てっちゃんが来ると、気持ちが和んだのよ」

語尾を上げて話しかけ、市川がテツの頭に手を置く。テツはうつらうつらしている。

「ありがとうございました、だそうです」

薫が礼を言うと、市川が目をパチパチさせた。

「テツが、そう伝えています」

「あらあ、嬉しいわ。てっちゃんからそう言ってもらえて」

薫がテツの言葉を代弁したとは信じていないようだが、市川は頬を緩ませた。

「てっちゃんは護衛をするみたいに、ご夫婦の前を、胸を張ってシャンシャンと歩いてきたんですよ。サナエもてっちゃんが大好きで」

足元の黒い柴犬に目を落とし、陽太と薫にほほ笑みかける。

「ご夫婦がいらっしゃる頃合いを覚えてて、時間になると、ソワソワして通りを眺めていたの」

ふたりも笑みを返した。

サナエが陽太に向かって鼻を上向ける。陽太が身をかがめてテツを近づける。テツが身じろぎしてコートの襟元から鼻先を出した。二匹は鼻を合わせる。

その様子を見ていた薫が言った。

「さよなら、と挨拶しあっています」

赤くなっていく目を伏せた市川は、鼻の下にひと差し指の関節を当てて、鼻を鳴らした。

マナに紐をつけて、最後のユウキを探しに行く。

「ダンジョンだな」

「ヴァンショー？」

「そりゃホットワインだろ。ああ、この仕事が終わったら飲みたい」

凍りついた道路に四苦八苦しながら小走りで七分。青い首輪のユウキは河川公園《かせんこうえん》にいた。まるで陽太たちを待っていたかのように、道路へ体を向けて、車両止めのそばに座っていたのだ。

三頭を無事に捕獲できて、陽太はほっとした。

「散歩コースだそうです。久しぶりに来れたと、テツが喜んでいます」

薫が通訳する。竹下夫婦、マルチーズ三頭、そしてテツでよく歩いたそうだ。

テツは半分目を閉じている。陽太の胸を一定のリズムで押していた腹部の圧迫は、随分と弱まっていた。

「『もう一度散歩したかった。おふた方、ありがとう。アンナ、マナ、ユウキ、ありがとう』」

足元の三頭のマルチーズが、ボスに向かって誇らしげに胸を張った。

テツは見立て通り、時計の針が二時を指した時、三頭のマルチーズが見守る中、息を吐き切って、死んだ。

テツのコースは最高ランクの「あやめ」である。棺桶は檜《ひのき》。敷き布はシルク。花は十数種類。竹下夫婦はオプションでペットフードやおもちゃ、衣装までオーダーしてくれた。

家の中は多頭飼いしていただけあって、畳は毛羽立ち、シミが所々に広がっている。ゴムボールが転がり、毛が散らばっていた。壁の下面に張り巡らされたペットシーツは、めくれていて用をなしていない。随分荒れていたので、今後の仕事につなげるために陽太は掃除をした。何せ竹下家には三頭がまだ控えていて、ドル箱と言っても過言ではないのである。

日が暮れた頃、少し顔を上気させて夫妻が帰ってきた。

「無事に生まれましたよ」

生まれた時刻は、二時二分だったそうだ。

陽太は、テツの棺桶の前に正座し、お悔やみと寿《ことほ》ぎを伝えた。

「私ども、七十年近く生きてきて初めて同時に聞きました。ありがとうございます」

丁寧に礼を述べたあと、ふたりは棺桶を覗き、しんみりとテツの頭をなでた。

「テツは、私たちがそばにいなくて、悲しんでませんでしたか?」

竹下氏は鼻声だ。

「はい」

薫が頷く。

「探してませんでしたか」

夫人も声を震わせている。

「はい。テツは」

「テツさんと呼べ」

陽太が注意する。

「テツさんは分かってました。あなた方から、今日の不在の説明をしてもらったことを誇りに思っているようでした。自分を認めてくれたことが、テツの勇気になっていたそうです」

肩の落ちたふたりは頷いた。

薫はテツを一瞥する。

「自然食品屋さんのサナエにもご挨拶ができましたし、散歩コースも巡ることができ」

「だっ」

陽太が余計なことを言うな、とけん制する。

「連れて行ってくださったんですか？」

竹下氏が驚いた顔をする。陽太は観念して白状した。

「連れて行ったわけではなく、不注意で逃がしてしまったアンナとマナとユウキを追いかけているうちにそういったことになりました。申し訳ございません」

深く頭を下げる。竹下夫妻が、よく知ってるとばかりに頷く。

「頭をお上げください。お伝えしていなかった私たちの責任ですから。アンナたちは元気がよすぎるんですよ、いやご迷惑をおかけしてすみませんでした」

「いいえ、こちらが気をつければよかったのです。申し訳ございませんでした。ほら、薫も頭下げっ」

隣の社員の頭を押し下げる。三頭のマルチーズが駆け寄ってきて、畳に額をこすりつけんばかりにしているふたりの顔を舐める。ふたりは顔を上げざるを得ない。

夫婦が三頭を窘《たしな》めながら引き離す。

「テツは一声でこの子らをコントロールしてたんですよ」

夫婦の手から逃れた三頭は、棺桶を覗いたり、テツのにおいを嗅いだりしている。

「アンナが、テツをボスだと言っています」

「アンナちゃんと呼べ」

「竹下家のボスだと、マナもユウキも口を揃えています」

「まあ」

夫人が眉を上げて感心し、目を細めた。

テツをなでて「ボスとしてよく頑張ってくれたねえお疲れ様」とねぎらった。

部屋を改めて見回した夫人が、目を見張る。

「なんだか部屋の中がすっきりしてるようだわ、ひょっとしてお掃除までしてくださったのかしら」

「余計なことをしてしまいまして申し訳ございません。ただ待っているのもなんだと思ったものですから」

ドル箱とはおくびにも出さずに陽太は殊勝に言ってのける。主人が顔の前で手を振る。

「余計なことだなんてっ。とんでもない。ありがとうございます。おかげさまで気持ちのいい部屋でテツを見送ってやれます」

老夫婦は寂しさと安堵の入り混じった目をテツに向けた。

「姪御さんと赤ちゃんの体調は」

陽太が話を振ると、夫婦は顔を見合わせ、ささやかに微笑み合った。愛犬の死と重なったために手放しで喜べないという心情なのだろう。

「おかげさまで手術も無事に終わり、母子共に健やかです」

「朝香は、すっかり母親の顔になってました」

夫人の言葉に、竹下氏が頷く。

「十歳で母親を亡くした姪は、それから十年間、父親とふたり暮らしで、寂しい思いもしてきたはずなんですが、そういったことはこれまで一切漏らしませんでした。寂しいと訴えたところでどうにかなるものでもありませんし、逆に父親を困らせてしまいかねないと、考えていたのかもしれません」

「二十歳で独りになった子が、ちゃんとひとを愛し、妻になり、そして母親になりました。慈悲深い面持ちで、赤ちゃんを見つめていました」

夫人は宙に目を据える。その目から涙がこぼれた。慌てて目を押さえ、ハンドバッグを探る。薫がピーターラビットのハンカチを差し出す前に、竹下氏がこたつの上のボックスティッシュを差し伸べた。夫人は二、三枚引き抜くと目を拭い、鼻をかんだ。

「すみません、ずっと堪えていたもので……朝香が生まれた時のことを思い出しました。子どもを授からなかった私たちに、自分自身より大事な宝物ができたと思わせてくれました。この子のためなら何もかもなげうてる。誰かが守ってやらねばすぐに死んでしまうほどか弱い命が、私たちにそう思わせました。おそらく、義弟夫婦のほうが何倍もそういう思いは強かったでしょうが、私たちもとても強くそう思ったものです」

「死んだ弟夫婦に、孫を抱かせてやりたかったと思ったら、ますます、ね」

寄り添って語り合う老夫婦を前に、陽太は父の言葉を思い出していた。

飼い犬の死ぬ日と、姪の出産予定日が重なったと伝えた時、智雄は確か、「なんて素晴らしいんだ。そういうことだな」と言ったはずである。

あれは、こういう意味だったのか、と陽太は鳥肌が立った。

逝く命があれば、この世に来る命がある。智雄はそのことを「素晴らしい、そういうことだ」と言ったのだ。

――オレは父親の欠片しか知らず、別れるのだな。

そう思ったあの日。

知らないからいったい何だというのだ。関係ない。なぜなら、オレにはあのひとからこの世に生み出されたという事実があるのだから。

ふいに、そういうことだ、と、智雄の確信に満ちた声が聞こえた気がした。


雪はふくらはぎまで積もっていた。雪を漕いでパーキングに戻る。

「ヴァンショー、飲んでくかなあ。薫も飲む?」

「どっちでもいいです」

「嘘だよ。オレ、クルマだし。それに薫はアルコール、飲まないだろ」

「はい」

「飲まないなら飲まないって断りなさいよ」

「はい」

遅れがちになる薫を、陽太は足を止めて待った。薫はバランスを取りながら、陽太の足型を辿ってやってくる。

危なっかしい。

薫が足を取られる。陽太は、手を伸ばしてその手を取った。冷たくて華奢な手だ。そのまま引いて歩き出した。薫は陽太の手を握り返すことも、振り払うこともなく黙ってついてくる。

「社長」

「何」

「さっきの竹下さんたちのお話ですが」

彼女は、姪が誕生した時の話にじっと耳を傾けていた。

「私も、そういうふうに生まれたんだと思います」

陽太は薫の姿が辛うじて視界に入る程度に首を回した。

今のは、薫が言ったのか？

「きっと、そういうふうに生まれたんだと思います」

彼女はふわりと微笑んだ。自然な微笑みだった。虚を衝かれて、離しかけた陽太の手が握り返された。

陽太は正面を向くと、その笑みが消えないよう、手に力をこめた。

薫を本町通の自宅に送り届ける途中、渋滞につかまった。道の先にハローワークが見える。

「そこの道からでも行けますよ」

薫が、右手の古くて細い道を指す。

陽太は少し検討したのち、いつもは通らないその路地にハンドルを切った。

重機の音が聞こえてきた。つむじのあたりがもやもやしてくる。

陽太の頭の中に、その光景が仄《ほの》かに蘇ってくる。クルマが進むにつれ、記憶は鮮やかさを増してくる。

信号が赤になり、小さな横断歩道の手前で停車する。

陽太は右手に視線を巡らせた。足場が組まれ、白い壁で囲われた古いマンションがある。取り壊しの工事期間が記された看板が張り出されている。

小学生の時に監禁されたマンションだ。

クルマの窓枠が邪魔をして、閉じこめられていた最上階は確認できない。

当時も古かったけど、ああそう、ついに解体されるのか。
自分でも意外なことに、気持ちは凪《な》いでいる。
カラスが滑るように目の前を横切った。

助けを求めて叫び続けていたあの日、外でカラスが鳴いていたっけ。
当時、警察へ通報してくれた少女を特定することはできなかったと聞いた。
助手席に顔を向けた。
動物の言葉を解する社員は、前を見つめている。
陽太が見つめていることに気がついたようで、ふり向いた。
薫の目は澄み切り、なんでも映す泉のよう。
とおりゃんせが途切れた。
陽太は前を向き、アクセルを踏んだ。

了

高森美由紀（Miyuki Takamori）

1980年生。派遣社員。青森県出身、在住。

2014年『ジャパン・ディグニティ』で第1回暮らしの小説大賞（産業編集センター）受賞。2017年『花木荘のひとびと』でノベル大賞（集英社）受賞。他に『おひさまジャム果風堂』『お手がみください』『みさと町立図書館分館』『みとりし』（すべて産業編集センター）がある。

ペットシッターちいさなあしあと

2018年8月20日　第一刷発行

著 者　　高森美由紀

装 画　　げみ
装 幀　　カマベヨシヒコ（ZEN）
編 集　　福永恵子（産業編集センター）

発 行　　株式会社産業編集センター
〒112-0011東京都文京区千石4-39-17

印刷・製本　株式会社シナノパブリッシングプレス

ISBN978-4-86311-197-4　C0093

第1回「暮らしの小説大賞」受賞作

ジャパン・ディグニティ

伝統工芸職人父娘《おやこ》の挑戦を、ひたむきに描いた秀作。

スーパーのレジ係を辞めた美也子（22歳）は津軽塗の世界に入ることを決め、漆職人である父のもとに弟子入りする。少しずつ腕を上げる美也子はある日、弟の勧めでオランダで開催される工芸品展に打って出ることに。

『ジャパン・ディグニティ』
定価：本体 1,300 円 + 税
カバー画：とみこはん

おひさまジャム果風堂

爽やかで切なくて、力強い、キャラクターノベルの新境地！

数年間、音信不通だった妹・サトミが急逝し、拓真（27歳）はサトミの子ども・昌（8歳）を引き取ることに。気難しい昌との同居生活は行き当たりばったりのものだったが、何となく楽しく、面白くて……。

『おひさまジャム果風堂』
定価：本体 1,200 円 + 税
カバー画：深町なか

お手がみください

忘れかけていた大事なことを、思い出させてくれる傑作長編。

眞子（8歳）とかず（86歳）はひ孫と曾祖母で大の仲良しだった。ひいばあちゃんと手紙交換をしたい眞子は手紙を書くが、何日待っても返事はこない。手紙交換が明らかにする、ひいばあちゃんの秘密とは……。

『お手がみください』
定価：本体 1,200 円 + 税
カバー画：今日マチ子